BoD

Du wiers doch nich meinen dat dat bei mir in Osnabrück anders abläuft als hier. Die stinken da genauso ausn Hals und ausn Arsch wie woanders.

Dat einzige wat ich überhaupt nich abkann sind Katzn inne Küche, oda inn Wohnzimmer wenn Fußball kommt, abba dafür gibtet ja die Hunde, dat offene Fenster, oda die Mikrowelle, dann hört dat nämlich sofort auf mit die Katzen. Die solln aufn Hof rummrennen un fleißig Mäuse un Rattn fangen, abba nich inn Haus oda inne Wohnung rummrennen, da bin ich strickt dagegen. Wenn die mich schon von weitn aufn Hof kommen sehn, da sind die ruck zuck alle vaschwundn, da brauchse noch nich mal mitn Fuß nachhelfn oder mal mitn dickn Stein werfn, die kennen mich schon, dat läuft bei mir allet wie von selbs.

Abba getz mal zum Thema. Ich mein 60 Jahre. Has du eigentlich ne Ahnung wat dat heißt, Sechzig. Also ich kann mir dat bein besten Willen überhaupt nich vorstellen...

Lothar Schenk wurde 1954 im Münsterland geboren und lebt in Südthüringen.

Lothar Schenk

Horst

Satirische Erzählung in
übertriebenem Ruhrpott Dialekt

Books on Demand

Ausführliche Informationen über den Autor und seine Bücher finden Sie auf seiner Website
lotharschenk.jimdo.com

Ähnlichkeiten mit noch lebenden oder bereits verstorbenen Personen sind nicht beabsichtigt und rein zufälliger Natur. Alle Personen und Handlungen in diesem Buch hat der Autor frei erfunden.

Prolog

Du wiers doch nich meinen dat dat bei mir in Osnabrück anders abläuft als hier. Die stinken da genauso ausn Hals und ausn Arsch wie woanders.

Dat einzige wat ich überhaupt nich abkann sind Katzn inne Küche, oda inn Wohnzimmer wenn Fußball kommt, abba dafür gibtet ja die Hunde, dat offene Fenster, oda die Mikrowelle, dann hört dat nämlich sofort auf mit die Katzen. Die solln aufn Hof rummrennen un fleißig Mäuse un Rattn fangen, abba nich inn Haus oda inne Wohnung rummrennen, da bin ich strickt dagegen. Wenn die mich schon von weitn aufn Hof kommen sehn, da sind die ruck zuck alle vaschwundn, da brauchse noch nich mal mitn Fuß nachhelfn oder mal mitn dickn Stein werfn, die kennen mich schon, dat läuft bei mir allet wie von selbs.

Abba getz mal zum Thema. Ich mein 60 Jahre. Has du eigentlich ne Ahnung wat dat heißt, Sechzig. Also ich kann mir dat bein besten Willen überhaupt nich vorstellen.

Getz pass mal auf. Du liechs inn Urlaub, ich mein ich bin ja meist in Osnabrück, oda mal hier, oder öfters auch mal inn Sauerland, als inne Kariebik, aber nehmen wa dat mal an. Du liechs inn Urlaub inne Kariebik ann Strand. So. Un getz kommt dat. Du liechs da schon seit fünf Stunden mit sonne geile Alte, hasse da kennengelernt, also imma mal Baden oda kurz mal anne Bar aufn Drink. So. Un dann kommt man irgendwie mitten inne Unterhaltung auf dat Alter zu sprechen, un sie sacht vierundzwanzig un meint, dat du ers 42 wärs, so wie du aussiehs un wie du drauf bis, un denn sachs du zu ihr, nachdem du deinn doppelten Lumumba auf einn Zuch leergezogen has, Sechzich. Denn is doch sofort mal Schicht inn Schacht, oda wat meins du denn. Denn siehse nur noch wie die Alte doof kuckt, und denn springt die Alte sofort von ihrn Barhocker auf un holt ihr Badetuch un sacht no nich mal Tschüss...

1

Und inne Mitte entspringt ein Fluss, kennsse ja, der Film, wo der eine schon üba 80 is un da immer noch mit seine Angel im Wasser steht un is am Fischen. Also so ähnlich hab ich mich nämlich neulich auffe A 47 auch gefühlt, als dat mit meine Bandscheiben losging. Ers stundenlang imma stop and go, un denn anne Raststätte zum Tanken bin ich bald nich mehr aus dat Auto rausgekommen, so weh hat dat getan, un fast kein Gefühl mehr inn rechten Fuß. Meinn Hausarzt hat denn später gemeint abnehmen, abba der macht immer sonne Scherze, dat kenn wa ja schon. Ich hab ja lange als Metzger gearbeitet, vielleicht kommt dat daher, dat geht ja auch aufn Rücken, oda wat meint ihr.

Horst, erzäl doch mal, deine neue Freundin, wo haste denn die schon wieder kennen gelernt?

Getz hört euch do mal der Klaus-Dieter an, wat der wieda allet wissen will. Nachts laut auffe Toilette vor Schmerzen bein Pinkeln pfeiffen. Kennse ja. Prostata.

Un denn andere nache neue Freundin fragen. Da siehse wieda. Dat sind die Dortmund Fans. Keinn Schwanz mehr inne Hose, abba aufn Platz laut rumschreien.

Neulich habbich ja au wieda wat gelesen. Da beschwert sich der Westerwelle beie Kanzlerin, dat die zu wenich fürre Homoehe tut. Und denn genau eine Seite weita berichten se dann in sonne bundesweite Studie, dat 98 Prozent von alle Frauen die no wat machen den Analverkehr garnich oda nich richtich genießen können. Dat is ja bei die Schwulen bestimmt aunich viel anders. Und denn hammse neulich im Fernsehen zwei so Irre gebracht. Da hat er dat wohl bei ihr zwei Mal versucht und dat hat dann nich geklappt. Sie meinte denn später noch, dat dat wohl daran gelegen haben könnte, dat se dat Gleitmittel vergessen hatten, aber sie wolln dat wohl noch paar Mal probieren, hat er dann gesacht, bis dat dat klappt. Dat scheint wohl grade bei die jungen Leute immer mehr der Trend zu werden, dat se alle nur noch Analverkehr haben wollen. Da brauchsse dich doch garnich zu wundern, wenn dat dann immer weniger Kinder bei uns gibt, und dat dadurch

die Rente immer unsicherer wird is
do garkein Wunder. Dat kannsse ja
mitn kleinn Einmaleins schon
ausrechnen, abba dat könn die
meisten jungen Leute ja heute aunich
mehr. Und eins is sowieso ganz klar,
datte von den vielen Analverkehr
irgendwann krank wiers, und denn
musse dich nämlich nich wundern
wennsse Würmer inne Harnröhre und
inne Blase hass, dat is do ganz
klar.

2

Getz pass mal auf. Die Roswitha. 55
Lenze. Dat is unsere Nachbarin. Die
hat sich neulich inne Klinik den
ganzen Unterleib rausnehmen lassen,
un beide Brüste au gleich mit wech.
So. Dat is quasi, du hass ne
Ölheizung inn Keller, un die lässe
rausmachen, un denn au no alle
Heizkörper inn Haus au gleich mit
wech, un danach heizsse wieda mit
Einzelöfen mit Holz un mit
Eierkohlen. Wennsse vergleichs,
genau so is dat nämlich. Un getz,
quasi nach den ganzen Scheiß inne
Klinik, ham se beie Roswitha Leber-
un Lungenkrebs festgestellt. Sowat
muss man sich mal reinziehen. Wat
meinsse, wat die getz blöd kuckt,
dat glaubsse abba.

Abba dat gibt ja noch viel
schlimmere Dinger, au wenn man dat
kaum glauben kann, wat meint ihr wat
ich neulich erlebt hab, ich mein der
Klaus-Dieter wollte dat ja eben
unbedingt wissen, und dat hadda getz
davon. Also ich neulich mitte neue
Freundin so richtig zu gange, ich
mein die hat ja au mal eben ihren
Achtundfünfzigsten gefeiert, also

wir immer mehr un voll zu gange, auf einmal kricht die voll den Blutsturz, quasi ausse Mitte entspringt ein Fluss, wie der Angeloppa in den Film, ich natürlich sofort dat ganze Bettlaken rausgerissen un bei ihr voll zwischen die Beine gedrückt, kennsse ja noch ausse Erste Hilfe fürn Führerschein, quasi Wichtigste zuerst Blutung stoppen un erst dann langsam mal weiterkucken, hat aber nix mehr gebracht, zu spät, un die Matratze konnte ich danach au gleich mit wechschmeißen, sowat musse dich mal vorstellen.

A so, no wat. Dat hat mich neulich auch total irritiert, dat sind nämlich die Rillen vonne Winterreifen, dat Profil und wie dat angeordnet is, ich mein gets nich dat die schon total runter sind, sondern ganz normal, und gets kommt dat nämlich, mit die eine Marke drehsse dich immer nur links rum, wennse auffe Straße int Schleudern komms, und mit die andere Marke immer nur rechts rum, is dat nich merkwürdig, dat is fast genau so wie bein Fussball, die einn wern bald jedes Jahr Meister, un die anderen können machen wat se wollen, dat bleibt immer der selbe Mist.

11

3

Neulich hat mich einer gefracht, wie dat so inn Sauerland is, weil ich da schon so oft gewesen bin, und da konnt ich dem nur antworten alles voller Käsköppe und lauter Russen und jede Menge Italiener, da machsse ja eigentlich bald schon garnich mehr hinfahren.

Abba getz nomma, die Anita, dat is die neue Freundin. Also von den Blutsturz hat se sich gut von erholt, un ihr Frauenarzt sacht auch dat die Regel auch bei ältere Frauen nomal vorkommen kann, ohne dat man sich beim Liebesspiel denn allzuviele Sorgen machen muss, brauchsse ja nur mal in Italien kucken, oda Brasilien, da gibtet dat ja auch, dat da lauter alte Leihmütter rummrennen, die müssen ja au no die Tage ham, sonst geht dat do garnich.

Ja Horst, mein Guter, jetzt pass doch mal auf, das Wichtigste haste uns ja die ganze Zeit verschwiechen, abba da brauchste dir kenne Sorchen zu machen, mir kriechen nämlich alles raus.

Wat has du denn getz schon wieda, meinsse etwa die Mittelmeer Kreuzfahrt, oda wat. Dat eine kann ich euch gleich sagen. Wennsse in den Alter mit de neue Freundin sonne Mittelmeer Kreuzfahrt machs, denn is dat no lange keine Hochzeitsreise, dat müssta euch alle mal merken, un is ja sowieso erst inn Herbst, da kann no soviel passieren.

4

Dat wollt ihr alle garnich wissen,
wat wir allet auffe
Mittelmeerkreuzfahrt erlebt ham, dat
war fast so, als wennsse auffe junge
Katze drauftritts un wie die sich
denn fühlt, un getz stell dir mal
unsere Katzen vor wenn ich aufn Hof
komm. Da is gleich Ruhe. So is dat.
Dat ging schon los mit die eine
junge Frau auffe Liege ann
Swimmingpool, ich hätte dat ja
garnich gesehen wenn dat die Anita
nich gesacht hätte, quasi kummal
Horst da vorne, dat hasse bestimmt
au no nich gesehen, un tatsächlich,
war untere Liege die große Laache
und dat Bikinihöschen sah an eine
Stelle dunkler aus, hat die alte Sau
do glatt einfach der ganze Urin
auffe Liege abgelassen wie sonne
alte Ölheizung bei Überdruck, un
denn hat die dat natürlich glei
mitgekricht dat ich da so hinkuck,
un denn lächelt die mich an wien
Pavian, densse inn Zoo ne dicke
Küchenzwiebel inn Käfich
reingeworfen hass, kennsse doch,
denn wern die do immer so geil, un

denn springt die Alte auf un ab inn Pool, un danach kommt die dicke Omma mit ihrn geblümten Einteilerbadeanzuch von 1936 an, un leecht sich voll auffe nasse Liege, sowat müssta euch mal vorstellen.

Ja Horst meen Gutsta, da hättste doch geich de Initiative ergreifen müssen. Des is doch genau deene Kraachenweete.

Wie meinnse dat denn getz schon wieda? Meinnse die Junge?

Nee Horst. Natürlich de Oma.

Dat du auf sowat Altet stehs, Klaus-Dieter, dat wissen wa ja alle, uralte Hauskatze, keine Freundin, jeden Abend inne Stammkneipe, nix mehr vertragen können un immer als Erster na Hause, selbs an Silvesta, un sämtliche Finga an beide Hände schon ganz krumm, dat wissta ja alle von wat sowat herkommt. Dat is ja genau so als wennse n jungen Flitzebogen mittn Wurmholz vergleichen tätest, abba ich flitz ja heute au nich mehr überall rum, abba verglichen mit dir is dat bei mir schonno so, un deswegen kriss nämlich du die Omma.

Abba getz mal weita. Da habt ihr alle gar keine Ahnung von, wie dat auf sonne Kreuzfahrt abends so abläuft.

15

Getz ers mal dat Animationsprogramm, bevor dat Essen kommt, un denn während dat Essen geht dat immer no weiter. Also da kommen welche in sonne griechische Bauerntracht oda wie man dat nennt auffe Bühne gerannt, wie wennse überhaupt keine Zeit hätten, irgendwo inne Ecke sitzt au ne Musikkapelle, die krisse abba zuers garnich so mit bis dat der dicke Sänger dat Mikrofon inne Hand hält un plötzlich ganz laut anfängt wie sonne frisch kastrierte Katze zu jaulen wo bein Tierarzt nache Kastration die Narkose zu früh aufgehört hat zu wirken, kennsse doch dat Gejaule, ich mein bei uns machen wa dat ja allet selber, da brauchen wa keinn teuern Tierarzt für, da heißt dat nur komm mal ganz lansam rückwärts auffe Bühne und schon sind wa feddich, darfsse bloß nich n Finger zwischenhalten, dat kann ganz schön weh tun, also der dicke Sänger jault wie sonne halb tote Katze, angeblich griechische Volksmusik von Kreta, un getz siehsse auch die Jungs vonne Kapelle, die rennen nämlich getz alle um den Dicken rum während der immer no lauter jault un spielen auf ihre Instrumente, währnd wir uns der Hummer reindübbeln, dat wollte die Anita schon die ganze Zeit unbedingt mal essen.

Ja Horst meen Gutsta, was hat denn da de Anitta gesöcht, als du ihr da den Humma geköfft hest.

Ja viel gesacht hat se da nich, eher ganz wenig, weil wenn ihr den gerochen hättet, denn hättet ihr jeder ers mal vier doppelte Ouso vorher gebraucht, bevor dat mit dat Essen bei euch überhaupt ers mal losgegangen wär, die Isländer ham dat ja auch so gerne, zum Beispiel an Weihnachten, da ziehn die sich denn sonn uralten Fisch rein den se extra in sonne Plastikmülltonne reinschmeißen un denn vergramse die mindestens fürn halbes Jahr inne Erde, un ann heiligen Abend holnse die Tonne mit den verfaulten Fisch wieda raus, un dat is denn an Weihnachten dat Hauptmenü, musse natürlich viel starken Korn dazu trinken sons fällsse ja allein schon von den Geruch nachn erstn Bissen glei tot um, un getz müssta euch mal der Hummer auf dat griechische Kreuzfahrschiff vorstellen, fast genau dat Gleiche wie isländische Weihnachten, also ich würd vonn Geruch her sagen dat der Hummer auch ausse Mülltonne war, woa mindestens schonn Monat drinnlach, wenn nich no länga, also nachn ersten Bissen ging dat sofort ab auffe Toilette, abba die Anita hat den verfaulten Humma irgendwie schlechter vatragen als ich, vielleicht war dat deshalb weil se sich aunoch sonne große Portion vonne Beilagen reingehauen hat, dat hab ich nämlich nich gemacht, vielleicht hatse auch dat viele Ousotrinken nich so vertragen, ich mein Doppelkorn hattn se mämlich keinn, ich hab extra dreimal nachgefracht.

Dat bringt denn natürlich nix, wennsse den ganzen Abend denn nur auffe Toilette renns, also isse denn besser glei inne Kabine gegangen, un ich hab ja nix gehabt außer Durst, Tanzen hab ich sowieso schon imma Scheiße gefunden, also ab anne Bar, un getz dürfta mal raten, wer sich denn sofort, kaum dat ich dat Pils inne Hand hielt, neben mich gesetzt hat, ganz genau, die geile Alte die auffe Liege gepinkelt hat un ihre Mutter(ungefähr in meinn Alter), die Mutta is abba Gott sei Dank schon nachn dritten Beefiftitu in ihre Kajütte vaschwundn, un ich denn mitte Tochta fleißich weita einn Beefiftitu nachn andan, irgendwann hattse auch gesacht dat se Steffi heißt, un weiße ja wie dat geht, irgendwann kommt denn dat Rumgeknutsche, un denn sind wa irgendwann in ihre Kajüüte gelandet, Gottseidank dat die Mutta ne eigene gehabt hat. Bovor se sich denn ausgezogen hat kam se mit sonne Packung ausn Sexshop an, Sexanorma hießen die dicken gelben Dinger, die wärn fürre Potenz, hattse gemeint, musse zwei Tabletten von nehmen, die sind zehn Mal besser wie Viagra un die wirken sofort, hattse gemeint, ich mein dat musse dich ja mal vorstellen, sonn Zeuch, ich ess ja auch keine Hunde un Katzen, un denn kommt die Alte mit sowat daher, da hasse zu Hause no nimmal n aufblasbaren Messdiener inne Schublade liegen, un denn kommt die geile Alte mit sonn Zeuch daher.

5

Wennsse üba fümunvierzich Jahre inne Möbelfabrik bis, denn kennsse dich ja sonn bisken mit Sowat aus, un bei uns konntesse ja schon mit knapp vierzehn inne Möbelfabrik sein, weil wir ja die beiden Kurzschuljahre hatten, un denn kannsse dich dat ja vorstellen, wat man da allet so sieht auf sonn griechischen Dampfer, die ganze Verarbeitung un dat allet.

Na Horst meen Gutsta, jetzt verzöl uns doch emol, waste mitta Steffi alles angestellt hast. Haste nich vorher erst mol beim Oba en Kaviar und de große Flasche Schampus geköfft?

Du glaubs au imma no ann Weihnachtsmann, Klaus-Dieter. Ihr habt ja alle gackeine Ahnung, wat da inne Nacht no allet los war. Der Hubbert kuckt mich getz au schon wieda so an wien Bauarbeiter mit ne leere Bierpulle inne Hand. Ich bestell getz eers mal no ne Runde. Christa!: drei Kräuter, einn Jäger, unn zwei Fruchtzwerge, un getz ers mal Prost, bevor dat weitageht.

Ja Horst, jetzt verzöl uns emol, waste mitta Steffi angestellt hast.

Getz pass mal auf, dat is nämlich allet ganz einfach, wenn nix passiert is. Die dicken Gelben ham namlich total falsch gewirkt, wat weiß ich, vielleicht war dat au wegn die vielen Beefititu mit dabei, keine Ahnung, auf jen Fall binich aufn Gang aufgewacht inne völlich falsche Etage, abba voll wat an, soweit ich dat aufn ersten Blick in dat Dämmerlicht erkennen konnte, weil soviel wusste ich nämlich schon no wo die Kemmenate vonne Steffi war, un vorre Tür vonne Anita lach ich nämlich au nioh inn Flur aufn Fussbodn. Dat war ja au völlich egal, allet no dran, dat Portmannee un allet no da, bisken no n dicken Kopp, dat war allet, also Aufstehen un sofort kucken wo ich überhaupt war. A so, nowat. Wat total merkwürdich war, dat dat Schiff so komisch schräch lach, un dat ich ne Schwimmweste anhatte, auf jeen Fall war ich wohl ne ganze schöne Zeit wechgetretn, un auf jeen Fall stimmte wat nich, soviel stand fest.

21

6

Onkel Jupp sachte imma, wennsse von Dach fälls bisse tot, un genau dat Gefühl hatte ich nämlich, als ich den besoffenen Stuart mit ne angezündete Kerze inne linke Hand ankommen sah, weil dat Licht war nämlich inzwischen ausgefallen un ne Notbeleuchtung hatten se wohl nich oder ging nich. Ich natürlich sofort gefraacht warum ich ne Schwimmweste anhätte, abba der konnte kein Englisch un nix, nur Griechisch, abba mit Hände un Füße, soweit dat noch ging weil der ja so besoffen war, hatta mir denn klar gemacht, dat dat Schiff grade sinkt un dat alle Rettungsboote un Flöze schon wech wärn, un wir wärn wohl so ziemlich die Letzten, soweit ich dat verstanden hatte. Sowat baut einn natürlich total auf wennsse grade mitn dickn Kopp aufn Flurfussboden aufgewacht bis. Na gut, dat Meer war mindestens no zwanzig Grad warm oda no mehr, abba die Gegend wo wir warn, dat konntesse sehn als wa endlich obn warn, war vonne nächste Insel mindestens no zwanzig

Kilometer wech wenn ni no mehr.

Wie schnell dat sonn griechisches Kreuzfahrschiff sinkt, dat glaubt man garnich, nommal einmal dicken Qualm ausn Schornstein, un denn die dicken Wellen, un denn is die Kreuzfahrt vobei, un du schwimms mit deine Schwimmweste in Dunkeln, aso Sterne unn halben Mond siehsse auno wennsse na oben kucks, abba da musse schon ganz schön romantisch sein, wennsse dat in sonne Situation machs, un getz kummal davorne, da schwamm do eben noch der besoffene Stuart, un getz is der wech, un denn denkse natürlich gleich wie Klasse dat dat is, dadet hier wohl auno Haie gibt, weil wat soll dat denn sonst wohl eben gewesen sein, etwa dat der Stuart inn Wasser besoffen eingeschlafen is oda wat.

7

Mich hammse ja soschnell gerettet,
dat ich mir vorher bein Schwimmen
mitte Schwimmweste nonimmal ne
Zigarette anzünden konnte, die
steckten nämlich oben inne linke
Innentasche vonne Jacke, un ich die
Zigarette schon inn Mund gesteckt,
un dat Feuerzeuch steckte beie
Zigaretten mit drin un beidet no
total trocken, sowat müssta euch mal
vorstellen, also mitte rechte Hand
allet rausgefummelt un dat
Feuerzeuch au schön übere
Schwimmweste halten dat dat bloß
nino nass wierd, un denn hasse der
Fünftausendwattscheinwerfer voll
inne Augen un denn ziehnse dich au
schon rein in sonn alten
Holzfischkutter, un natürlich promt
dat Feuerzeuch un die Zigaretten
wech, wohl bein Reinziehn beidet
rausgefallen.

Un wat sach ich, kaum sitz ich
auf den Fischkutter zwischen lauta
Schwatte, alle inne Decke oda in
sonne Folie eingehüllt, kennsse
doch, sowat habbich zuhause au inn
Auto in meinn Vabandskasten drin,
also kaum sitzich da mit meine

Schwimmweste an so zwischen, kommt dat große Polizeiboot an un hält direkt neben den Kutta, un getz wußte ich au dat dat allet Italiener warn un die ganzen Schwattn warn wohl allet grade gerettete Bootpiepel, so nennse die do immer wennse wieda wat über die inn Fernsehen bringen, also wir denn alle auf dat große Polizeiboot rübba, da saßen se auch schon rum mit Frauen un Kinda dabei un alle inne Decke, un denn gab dat ersmal warme Getränke, un mit mein bisken Italienisch, sowat lernsse ja wennsse in Italien imma auffe Möbelmessen bis, konnte ich denn den einn Karabenieri sogga au no ne Zigrette abschnorren, un wie ich die denn geraucht hatte, da wusste ich ersmal so richtich, daddich getz gerettet war, sowat könnt ihr euch alle gannich so richtich vorstellen wie dat is.

8

Un getz ging nämlich der ganze
Scheiß eersmal so richtich los als
wa auffe Insel angekommen warn, dat
war nämlich auf Lampedusa, so hieß
die, un dat gehört allet no zu
Italien, un dat is nämlich die
kleine Flüchtlingsinsel südlich von
Sizzielien, sonne ganz kleine Insel
is dat, wo die ganzen Bootpiepel
imma alle hinwollen, wennse dat
schaffen, kennsse do ausn Fernsehn,
wie die da mit ihre alten Holzkähne,
un alle total übbafüllt, übba dat
Mittelmeer na Lampedusa fahrn,
wennse nich schon vorher absaufn.

Ja Horst meen Gutsta, do in den
Loocha, do hettste jo ä hübsche
junge Neecherin kennelerne kö un
denn mit ihr schö inn Ort zum
Fischesse, un denn offn Markt noch ä
dicke Melone geköfft, von dene
gibt's doch da unten so viele.

Wat erzähls du hier eigntlich
fürn Blödsinn, ne junge Schwatte,
Fischessen un denn au no ne dicke
fette Melone vonn Markt mitnehmen.
Sowat kannsse da total vagessen, ma
ganz inn Ernst.

Dat ging auffe Insel fast so ähnlich weita wie in den einn Monty Pyton Film wo sonn Kerl genau inn gleichn Ort un genau ann gleichn Tach wie Jesus geborn wierd un denn vawecckselnse den alle, obwohl der ja eigntlich Brian unnich Jesus heißt, un denn wierd da denn trotzdem der Messias draus, un am Ende hängense den nämlich statt den Jesus ant Kreuz, un so ähnlich ging mich dat hier nämlich au.

Eersmal meintnse schommal gleich, dat ich der Schleppa wär, weillich sonne gute Schwimmweste anhatte un die Schwattn hattn alle keine, un denn meinte späta in diese Notuntakunft, sonn großes Barrackenlager war dat, der eine Schwatte auno zu mir datta vonne Sieeiey wär, un ich natürlich glei zu ihm ob die Amis getz au schon mitte Bootpiepel mitführen um übaall rumzuspieonieren, kennsse doch der Snowden un wat der allet übbare Sieeiey gesacht hat, un denn kam ann nächsten Tach der eine Schwatte mit einige Karabenieri an un denn nahmense mich einfach so mit auffe Wache, wose denn meinten, dat ich wohl n russischer Spion odda Geheimdienst odda sowat Ähnliches wär, sowat musse dich au ersmal vorstellen auf wat für Dinga dat die heutzutage allet kommen, un wennsse da eersmal drin bis, denn kommsse da so schnell nich wieda raus.

Wie ich denn da so inne Zelle saß, wennsse nich grade befraacht wurdes un imma der eine Schwatte mit dabei, inzwischen hattense au n Dolmetscha geholt, wurde mir klar wat eigntlich passiert war, die ganzen Andern sind nämlich bestimmt alle mit ihre Rettungsboote un mit ihre Flöze na Palermo gerudat, da wollte dat Kreuzfahschiff nämlich sowieso als Nächstet hin, un der besoffene Stuart un ich sind mit dat sinkende Schiff no ne ganze Ecke weitagefahrn bevor dat absoff un wir denn inn Meer rumschwammen.

9

Und wie heste denn dann de ganze Schose gereechelt, Horst. Heste en CIA bestochen oda heste de Wärter geköfft.

Getz passt ihr alle mal gut auf. Mein Vatta warn totaler Schalkefan. Bei uns kam nonimmal n Postbote oda n Milchwagenfahrer, kennsse doch, dat sind die mit die dicken Bärenmarkelaster wo dat Steuer immer auffe rechte Seite sitzt, also nonimmal n Milchwagenfahrer kam bei den aufn Hof, wenn dat n Gelbschwatter war, da konntn die Kühe schrein wie se wollten, n Dortmundfan kam bei meinn Vatta nich aufn Hof, un wennsse Sowat als Kind schon mitmachen durftes, denn weisse ganz genau wat ja oda nein heißt, also dat klare Denken, dat is nämlich ganz wichtich inn Leben, un dat hat nämlich schon ganz oft geholfen, un getz in sonne auswechlose Situation wie aufe italienische Flüchtlingsinsel, bei Sowat macht sich sonn Denken natürlich glei unheimlich bemerkbar, weilsse ganz anners an allet drangehs.

Klaus-Dieta, ich seh dat schon wieda wiesse in meine Richtung kucks un der Paul hat au schon wieda diesen neugierigen Blick, also bevor ihr schon wieda irgensonne blöde Frage stellen könnt erzähl ich dat mal schnell weita, wat inne Nacht denn no allet passiert is. Getz müssta abba nich meinen dat dat irgendwat mitn normalen Verstand zu tun hätte oda mit Nachdenken, also ich kann dazu nur sagn überhaupt nix, dat wär genau dat Gleiche Schalke führt gegen Dortmund seksnull bis ann Spielende un denn lässt der Schiri auf eimal ne Viertelstunde nachspieln un in die Zeit machn die Zeckn denn schonmal na drei Minuten dat einsseks klar, un denn nomal seks Tore un an Ende steht dat denn siebnseks fürre Gelbschwattn, sowat kapiert nämlich au nur n Wahnsinniger, un genau Sowat is nämlich denn inne Nacht au auffe Flüchtingsinsel passiert.

10

Getz ers nommal ne Runde Schnäpse
bevor dat weitageht, der Hubbert
kuckt nämlich au schon wieda wien
Bauarbeiter mitte leere Bierflasche.

Jo Horst meen Gutsta, heste grad
de Rente gekriecht, daste heut so
spendierfreudich bist, Christa, gib
em Hans undn Paule au no ä Fläschele
Bier von mir.

Klaus-Dieta, ich bin ja nonnich
sonn Invalide wie ihr dat alle hier
seid, schon seit zehn Jahrn inne
Rente oda nommehr, ich bin ja no
voll inne Möblfabrik ann Start, da
hasse nämlich imma Geld inne Tasche,
unnich wie die armen Rentner hier,
dat kannsse abba glaum.

Getz Nowat. Ich mein Fußball is
klar, da hat meinn Vatta immer der
große Trecker mittn inne Einfahrt
quergestellt, dat bloß der
Bäckerwagnfahrer nich bis aufn Hof
fahrn konnte weil dat n Dortmundfan
war, da war meinn Vatta eisern, bei
Sowat konntsse nich mit ihn redn, un
genau sonn Typ, dat krisse ja von
Zuhause allet schon mit datte denn
genau so Jemand später denn au

heirates, also genau sonn
konsequenten Typ wie meinn Vatta
war, dat war die Inge au, dat is
meine Exfrau, wenn dat umme
Gesundheit ging, weswegen die
nämlich au imma dat Heilfasten
machte, kennsse doch, denn einn
östareichischn Arzt mit die drei
Figuren, der mit die Milch-Semmel
Diät, der lebt ja au schon lange
nimmehr, abba die Andern machen dat
ja alle weita, un der hat ja imma
gesacht dat dat drei Figurtypen gibt
woran man dat schon genau erkennt,
wie krank dat Jemand schon is, also
da gibtet Fraun mitn Entnarsch, un
die ham nämlich schon zimmlich stark
wat mitn Darm, aso dauernd
Vastopfung un Sowat allet, dat is
abba no lange nich soo schlimm, wie
wennsse als Mann der ganz dicke
Bauch hass, da bisse denn schon
zimmlich weit krank un dauernd
Blähungen un alle Sowat, dat nennt
der Franz Xaver Mayr, dat is der
Fastenguru vonne Ösis, den
Großtrommelträger, abba no einn
schlimma, quasi kurz vorn Exitus mit
Krebs un Sowat allet, da hasse denn
nur no sonn Hängebauch, un Soeinn
nennt der Mayr den schlaffen
Gaskotbauchträger, also wegen ihre
starke Angst vor Sowat allet hat

32

meine Ex mit dat Heilfasten angefangn, minnessens zwei Mal inn Jahr drei Wochen, später hattese denn auno den einn Käskopp endeckt, den hat do die Karmen Thomas mit ihrn Ü-Wagn imma so stark propagiert, bis datt se denn nurno alle zu den hinranntn un ihre ganze Kohle zu den einn Urintherapeuten na Holland hin zu de Käsköppe brachtn, die Karmen Thomas un die ganzen Rockstars machten dat un die Inge machte dat irgendswann au no, un denn sind nämlich irgendswann unsere Einstellungen do etwas zu stark auseinander gewesen, dat dat für sonne vanünftige Ehe no genügend gereicht hätte.

Jo Horst meen Gutsta, was wolltste uns denn jetz mit de Fasten- und mit de Urintherapie verzölln.

Getz pass auf, nachts auffe Flüchtlingsinsel, ich inne Zelle grade so eingeschlafen, kommt da die dicke schwatte Alte mit den großen dünnn Karabinieri anne Gittastäbe un schließt meine Zellntür auf, die hatte nämmich au genau sonn dickn Entnarsch wie dat der Doktor Mayr sacht, un die hüpfte bein Laufn imma sonn bisken wien Kängeru ho un runta, vonne Figur her abba mehr wie sonn Strauß wo der Kopp vorne imma so vorwechhängt bein Gehn, un denn stellte sich heraus dat die Alte nämlich au beie Sieeiey war, un die bein, wat der Karabinieri für eina war hadda nich klar gesacht abba wohl au irgend sonn Spion, aso die bein hamm mich denn ausse Zelle rausgeholt un befreit, aso eers ganz leise Richtung Hafn, un denn mit alle Mann ab auf sonn kleinn Fischkutter drauf, un ohne Licht ging dat denn ab Richtung Palermo.

11

Getz wie ging dat weita mit den Kutta. A so, Nowat. Meinn Onkel Hemman hat imma gesacht datta wenna inn Lotto gewinnt soffoat na Nordaffrika gehn würde, weil dat da so schön warm is. Unsa Onkel Hemman war einn vonne besten Buxebölker inn ganzen Ort, abba dat wissta natürlich getz wieda nich watn Buxebölker is, dat is nämmich eina der wat nach Sonntachsfrühschoppn so zimmich einn Furz nachn annern ablässt, abba na Nordaffrika issa nich hingekommen, weila nie inn Lotto gewonnen hat, un denn issa ers inne Lungenheilstätte na Hemer gekommen, un denn in sonn Heim für Nervnkranke, da hadda denn abba nich mehr lange gelebt. Abba getz mal weita mit den Fischkutta. Also in sonn kleinn Hafen nebn Palermo sinn wa denn n nächsen Vommittach angekommn un denn hüpfte die Ente wien Kängeru übba dat Brett mitn großen Rucksack aufn Rückn an Land un ich hintaher, un klaa, ich denn glei ma eben int Wasser rein weil dat Brett so wackelich waa, abba nur

bis zu e Kniee, dat waa sonn
Naturhafen mit Kiesstrand, kennsse
do, un von den langen Karabenieri
hasse au nix mehr gesehn, wohl inne
Kombüse vasteckt odda iernd Sowat,
aso ich mit meine nasse Schuhe un
die nasse Buxe an Land, un denn
sacht die schwatte Ente, dat dat
getz meinn Rucksack wär, un dat da
Allet drin wär wat ich so bräuchte,
aso neue Klamotten, Pläne, Geld un
alle Sowat, un dat ich getz Xaafi
Hassan Abdul heißen würde, un dat
ich aus Tunesien wär, un dat ich
inne Altstatt von Palermo n kleinn
Gemüseladen hätte mit ne Wohnung
direkt oomdrübba, un mein Bruda mit
seine ganze Familie würn au alle in
dat gleiche Haus wohnn, Sowat musse
dich au eersma reinziehn, un denn
sacht die daddich getz Agent wär, un
dat mich meinn Bruder mit seinn Ape-
Dreirad glei hier ann Strand abholt,
un denn gibtet au no n neun Ausweis,
n neun Führaschein, un sonn dicket
Kuwär mit Geld drin, un nademich dat
minnessens zweima nachezählt hatte,
warn dat hundat Tausendollascheine.
Dat is natürlich schon gut, wennsse
n Arrabber bis, un in Palermo inne
Altstadt wohns, un denn ersma Allet
nur mit Tausendollascheine bezahln
kannss, da fällsse nämlich ganz

36

bestimmt nich auf, oda wat meint ihr?

Na Horst, jetz vazöhl uns doch emol, wie biste denn ausn ganzn Schlamassel übahaupt wieda rausgekrochn? Haste nich gleich n Honorarkonsul von Palermo bsöcht, oda hamm en Konsul auch schon de Maffiosi und da CIA geköfft?

Raukriechn kannsse da nich zu sagen, dat wär nämmich total untatriem, obwohl, sonn bissken kannsse dat sogga au Rauskriechn nennn, abba getz eersma ganz schnell auffe Toilette, sons geht da nämmich no wat inne falsche Richung, un denn nonne Runde Schnäpse, un denn kann dat meintwegen weitagehn, wenn ihr dat Allet heute auno hörn wollt.

12

Aso dat mit den Bruder waa natüllich denn au äußerst meachwüddich. Dat Einzichste wat wieaklich stimmte waa dat mit den Dreirad, un dat mit den Gemüseladen inne Altstad von Palermo un drübber denn die Wohnung, dat stimmte au no, abba sons stimmte Gannix. Der Arrabba war in Wieaklichkeit Bernd aus Kassel, abba daffür warra lange beie Fremmnlegion in Affrikka, un wat der au konnte die ganze Sprachen un dat Allet, un sah au wien Arrabber aus, sonne dunklen Haare un die gegerbte Haut un dat Allet, abba n Kaftan un sonne auffälligen bunten Schuhe hatta nich angehabt. Geredet hatta au nix. Imma nur ganz kurze Sätze. Links ab. Rechts ab. Gleich sind wa da, un Sowat. Seine sogenannte Familie war natüllich au allet andere als seine Familie, die Frau war ne sürische Untergrundkämpferin, die Kinder hattense alle ausn Heim ausgeliehn, dat kannsse da untn gut machen, wennsse ma inn Urlaub sonn bisken Familie spieln möchtes.

Dat Beste war die Straße, wo wa den Gemüseladn hattn. Sonne richtich enge uralte Basaastraße inne schmutzichste Gegnd von Palermo. Da wärsse ja inn Urlaub normal nie hingekommn. Un denn die ganzn Nachbarn, dat warn au so die richtign Kadetn, eina hatte sonn Ladn mit nur Voglkäfiche in alle Größn, wa natüllich nie ma n Kunde drin, odda der lange Schwatte, direkt gegnübba von unsan Gemüseladn, der vakaufte Decken un Kaftans in alle Größn, wa natüllich au nie einer drin, ich mein is do klar wat dat alles fü Patjacken warn, alle nur vonne Maffia un von Sieeiey un sonst gannix, un dat bald die ganze Straße so. Bei uns warn immer no am meistn Kundn, die wat kauftn, natüllich keiner ne Ahnung von Gemüse un Obst, dat brachte sonn alten Laster imma inne Nacht, wat weiß ich wat der dabei sonst no alles so brachte un abholte, keine Ahnung, un paa Tage später stand die schwatte Ente vonn Sieeiey denn au inne Zeitung, dat se se mit ihrn Lancia irgendswo ann Strand gefunden hätten, angeblich Selbsmord.

Wat ich da in den Gemüseladen tun sollte, dat weiss ich bis heute no nich, wahrscheinlich nur Tarnung für den Fremmnlegionär un seine Alte, weil Aufträge hattnse für mich keinn Einzign gehabt, abba ich hatte ja dat Geld, dat musste ich abba denn ziemlich ungünstig ungefähr nur fürre Hälfte in kleinere Euroscheine eintauschen, abba dat reichte ja so au no imma ganz gut.

Dat Schärfsse warn die beidn Schwuln den einn Tach, beides Käsköppe die mitt Fahrrad anne Küste um Sizilien fuhrn. Da lagn nämmich bei uns zwei so riesige grüngelbe Dinga inne Auslage, un die Käsköppe meintn beide dat dat Melonen wärn, ich mein ich hatte von sonn Zeuch ja au keine Ahnung, sowat lernsse inne Schule un inne Möbelfabrik ja nich, inne Möbelfabrik weisse genau, dise Woche baun wa dat Schlafzimmermodell Montreux, da is dat große robuste Doppelwasserbett mit dabei, da kannsse au ruhich nan längeren Herrenabnd mal inn Schlaf so richtich schön reinpinkln, ohne dasse danach glei die ganze Matrazze wechschmeißn muss, un nächste baun wa fürre Zechenhäusersiedlung inn Ruhrgebiet die kleinere Schlafzimmer Modell Herne, dat is denn au alle n bisken kleiner un billiger abba natüllich auni so robust, abba getz ma zurück zu die beiden Käsköppe,

40

aso ich übahaups keine Ahnung wat dat für dicke Dinga warn, un die meintn dat dat große Honichmelonn wärn, un nahmn die gleich beide mit, weilse aams in ihrn Strandhaus mit ne ganze Kleute Bekannte un Freunde sonn Gormeeessen kochn wolltn, mit Humma, verschiedne Fische, un alle Sowat. Nächssn Tach brachtnse die angeschnittnen dickn Dinga denn wieda vorbei un beschwertn sich glei, dat die dat ganze Gormeeessen vadorbn hättn, weil die so saua schmecktn, weil dat warn nämmich riesige Pomelos un keine Honichmelonn, abba Sowat weiss ich do nich.

13

Wos uns da Horst no gannich vazöhlt hot is, wos mitta Anitta un mit de Annern passiert is. Jo Horst, meen Gutsta, nu vazöhl uns des doch emol.

Da brauch ich getz ers no mal n Undaberch, bevor dat dat weitageht, wei dat waa nämmich so mit dat Allerschrärfsse.

Getz pass auf. Ich lauf durch sonn Park inne Nähe vonne Küstnstraße, aunich weit wech vonn Hafn kannsse sagn, un imma ierndwelche Aufpassa, die dauand hintaheerschlichen, so als ob ich Sowat nich merkte, dat ganze Geld un den Rucksack hatte ich sowieso imma dabei wenn ich irgendswohin ging, denn inn Rucksack war außer die Kartn und die Klamottn un dat ganze annere Gedöns nämmich au no ne schöne große Pistole mit Munition drin, Sowat waa da schommal gannich so schlecht, aso ich steh da beie Zitrusfrüchte vor den einn Baum, un gets seh ich au ers ma wie sonne dicke Pomelo an iehrn Baum so richtich dranhängt, un plözlich stehn die Anita un die Steffi au nebn mir, dat könnta euch ja vorstelln, wie dat war, un beide gleich ganz laut Hallo Horst, wat machs du denn hier, alle meintn, dat du tot wärs, un ich glei n Finga aufn Mund geleecht, dat se bloß ihrn Mund haltn solltn, un denn mit eine Hand gezeicht wohin wa sofort ganz schnell hin abhaun solltn.

Dat hatte auch Allet geklappt, die Vafolga konntn wa alle gut losweern. Dat die Anita un die Steffi inn Vorort von Palermo inne Nähe vonn Flughafn n Hotelzimmer hattn, dat waa natüllich aunich so schlecht, weil wa von da glei ann Fluchhafn Rückfluchtickets kaufn konntn, die ganzen annern Kreuzfahrer warn nämmich alle schon na Hause geflogn, fünfzehn, meintn die Karabenieri, wärn wohl ertrunkn oda vielleicht au von Haie aufgefressn woorn, aso getz nunno vierzehn, weil ich ja auno lebte, unn nächsn Tach ging dat denn zurück na Düsseldorf.

Vonne Sieeiey habbich dannaa nix mehr gehört, un der griechische Reeda hat na den Schiffsuntagang Pleite gemacht un is irgenswohin na Südamerrika abgehaun, dat Geld fürre Schiffsreise gabet denn natüllich au ni mehr zurück.

14

Jo Horst, meen Gutsta, des wor jo eene unglaubliche Gschichte, deeste uns jetz do vezöhlt hest, abba wos wor n jetz danach weita mit deene zwee heißn Schneckn, dieste offm Schiff gemaust häst?

Dat glaubt ihr alle gannich, wat ich dannaa no alle fürn Stress hatte, ninnur mit die beidn Weiba, die Anita rannte schomma glei andauernd naan Fraunaazt hin, un dat waa wohl au sonn bisken Seltsamen, der war nämmich in sonne Sekte drin, un die machten sowat Ähnliches, wat die ganzen Grufties machn, kennsse do, die hängen do imma auffe Friedhöfe rum un feian schwatte Messen un hamm imma sonne schwattn Kuttn an, kennsse do, un bei Sowat machte diesn Fraunaazt au imma gerne mit, un der waa auno Homöopath unn ganzen großen Fan vonne Urintherapie, dat würde schon dat ungeborne Kind so richtich stark stärkn, aso die Anita macht dat getz au Allet mit un is au getz Mitglied in seine komische Sekte, die glaum nämmich ninnur anne Wiedagebuat, dat tun die Annern ja au alle, da brauchsse dich ja numma unse Omma un unsan Passtoa anhöan, un inne Klinnik hammse dat denn au tatsächlich so festgestellt, dat die Anita, inzwischen hattse ja aun nächstn Gebuatstach gehabt, aso dat die tatsächlich mit ihre neununfuffzich Jahre getz nomma schwanga is, Sowat musse dich au eersma gebn, un denn hammse ihr abba alle zue Abtreibung geratn, nich dat da no n totaln Verrücktn rauskommt, weil dat Riesiko für Sowat is ja in den Alter au unwascheinlich hoch, abba ihr Fraunaazt meinte dat se dat Kind unbedingt krien sollte, weil dat höchsswascheinlich ne Wiedagebuat von ierndeinen Schamanen odda Priesta odda Ierndsowat wird, un seitdem seh ich die Anita au nimmeer so oft, un dat der Fraunaazt denn auno n Dortmundfan is, dat macht natüllich dat Ganze au ni unbedingt einfacha.

Aso, Nowat. Die Steffi hat mich au angerufen, dat se bein Fraunaazt waa, abba bein annan als die Anita, un wat da rausgekommn is erzähl ich euch beinn nächssn Mal, weil ich muss getz fahrn, solange dat die Autobahn no so schön frei is ann Sonntach.

45

Aso ich erzähl euch dat Allet bein
nächssn Mal, wenn ihr dat denn dann
übbahaupt no höörn wollt, wat dannaa
no Allet passiert is. Abba getz
eersma Tschüss.

15

Zwei Wochen später:

Hat denn da Horst net gsäät, dassa an den Wochenende wieda do is.

Ajo, schoo. Abba meest kommta doch imma erst um Sieme rum do ann Stammtisch.

Getz kuckta abba, wat, dat der Hoas schon um sex Uhr inne Türe steht, abba dat war ne total freie Autobahn, auffe ganze Strecke nua zweima n Laster zun Übbahooln, Sowat gibtet au total seltn.

Hömma, getz Nowat. Die vonne Sieeiey waan bei meinn Bruda aufn Bauanhof, mit sonn schwattn Jeep, villeicht meintnse, dat die schwatte Ente no lebt un sich bei uns aufn Hof vasteckt hätte, abba da kennsse ja meinn Bruda schlecht, weil der eine Dicke hatte denn auno ne gelbe Jacke mit ne schwatte Hose an, alsa bei uns ausse Scheune rauskam, un dat war sofort dat Startzeichen für unsan Hemman-Josef, dat is nämmich der große Schäferhund fürre Jacht, wennsse ma aufn Keila gehs oda iernds wat anners Größeret, un Gelbschwatte mach unsa Hund sowieso nich, da issa genau wie unsa Vatta, der mochte die Dortmundfans aunich aufn Hof ham.

Dat ging denn au ganz schnell, dat se vaschwandn, dat tun die Katzn nämmich au imma, wenn unsan Hemman-Josef aufn Hof rennt.

Getz abba ganz wat Andat. Die Anita und die Steffi, getz krien se beide n Kind, un beide meinnse dat dat von mia wär, könnta euch Sowat voastelln, un da bin ich natüalich glei nach meinn Hausaazt hin, wei ich inne letzte Zeit ja sowwiso imma mitn Heaz zu tun hatte, un dat mach wohl au von den Stress mit die beidn Weiba kommn, un denn meint do der Aazt, dat ich total ausgebrann wär un neembei auno wat mitn Heaz un mitte Prostata zu tun hätte, un denn nach die ganzn Untasuchungen au glei dat Eagebnis: Hoast, ab inne Kua!

Sowat höasse natüllich ganz gean, wennsse grade eers mitn Schiff untagegangn biss, un denn die Sieeiey, die beinn Weiba, un dat Allet, un denn meinta auno, dat ich an bestn na Obbabayan gehn sollte, beie Wurzlhuber, ann Schiemsee, weil dat da Allet so gut wär für meine Nervn un dat Heaz. Dat is ja fass so schön, als wennsse beie Käsköppe ne

Kur anne Nordsee machss.

Wat ich gannich vasteh is, woher unsa Nachba dat alle schon wieda wusste, abba so is dat aufn Doaf, da kannsse gannix geheim haltn, wenn iernds wat is, dat macht soffoat ne ganze Doafrunde.

Aso unsa Nachba zu mier anne Theke inne Stammkneipe, dat da wo ich inne Kur hinsoll, dat da nua die ganze Modells un Schauspieler hingingen, wennse mal wieda an Burnout un sowat Ähliches littn, paa kaputte Lehrer un waddet sonns no alle so gibt wüürn da natüllich au no mit rumrennn, die hamm ja au alle die private Vasicharungn, da musste ich denn natüllich au glei rauf antwoatn, dat se denn da bestmmt au sonn Urintherapeutn hättn, von den die Carmen Thomas imma so begeistat war, un den Sänger vonne Rolling Stones, kennsse doch, der siehsse do mit siebzich imma no wien Affe auffe Bühne rumhüpfn, un die eine schwatte Sängerin, die is do au bestimmt schon bald achzich, un singt imma no Rockmusik, un die rennn do au alle zue Käsköppe zu den einn Urintherapeutn hin. Ich hab ja nur die Tagegeldvasicharung mit den Zusatztarif, dammit könntse ja au beie Privatn gehen, abba denn krisse ja nich dat Tagegeld, un wenn da sowieso soffiel Moddls rummrennn wie der dat sacht, denn kannsse ja besser auffe normale Station gehn un dat Tagegeld mitnehmn, un aams gehsse schön inne Kneipe, da rennn die denn bestimmt ja au alle rum.

Jo Horst, meen Gutsta, für wenn hattn da Dokta gsöcht dasste gehst?

Dat is alle schon gereglt. Lezze Woche warrich nommal ween dat Heaz bein Dokta, un der meinte in zwei Wochn wüad dat denn losgehn...

16

Sechs Monate später:

Jo des gibt's ja nich, da Horst. Heste do in de Klinnik e scheene Urintherapeutin ghäät, doste dich do gleich um de zwanzich Joar vajüngt hest?

Getz hömma, na sowat, wat ich da inne Klinnik erlebt hab, wärt ier nämmich alle sowieso gannimeer lebennich na Hause gekommn. Dat ging schomma mitte Anreise los, imma nur Stau auffe Autobahn un denn no dat Essen untawechs, da konntsse ja naher vonne Toilette bald schon nimeer runtakommn, so hat dat gepfiffen, un denn beie Wurzlhuber na sonne halbe Weltreise kurz vor Prien da obn aufn Berch, denn der Wirt mit den Jodlerhut aufn Kopp un die kuaze Leedahose an, un bald den ganzn Biagaatn nur mit Käsköppe voll, un so na ne gute Stunde gibtet denn au den schon kalt gewoanen Schweinsbratn mit dat halbvolle Bia dazu, da möchsse an liebssen schomma gleich wieda na Hause faan.

Die Klinnik laach ja von

Vobeifaan gannich schlecht, fast ann
Schiemsee, abba denn kommdet, kuaz
vorre Einfaat vonne Tiefgarage, ich
sach euch dat, sonne dickn Frauen
habt ier nonnie ierndswo gesehn, dat
waan bestimmt zwei ma dreihundat
Killo, wenn ni nomeer, un denn glei
nommal fünf total dünne Fraun
hintaheer, sowat Änhliches wie früa
die ganzn Biafrakinda, abba zwei
davon nomma n ganzet Ende dünna, un
alle gehnse in dat gleiche Haus wo
ich au reinmusste. Aso dat waa
schomma n suupa Anfang.

17

Jo Horst, meen Gutsta, jetz heste uns aba noch gornix von deene zwoa schwangeren Schneckn vazöhlt, von da Anitta und von da Steffi. Wie heste denn die gonze Söch von da Klinnik aus gemännätscht.

Dat glaubt ier sowwiso nich, wenn ich euch dat auno Allet eazähln wüade, abba in kuazn Woatn lief dat Ganze so ab. Mitte Anita haddich ja sowieso keinn dirrektn Kontakt meer, abba man höat ja au so einiges von annene Leute, wat so alles passieat is, un da sachtnse, dat die Anita ne Frühgebuat hatte, sibbta Monat oda ierndsowat, un denn muss dat Kind wohl auno totale Übbagröße gehabt ham, aso nich so wie die ganzn Früüchen die watse imma in Feansehn so zeign, un die kannsse ja meist inn siebtn Monat alle no rettn, un bei den Kind hammse dat wohl auno probiert, abba dat hat denn nuano ne Woche odda so geleebt, wat man so höat, un dat muss wohl ann ganzn Köapa total behaat gewesn sein un auno sonn unnatüllich dickn Kopp dabei, aso n wiedageboanen Schamane, wie dat ier kommischa Fraunaazt imma meinte, waa dat bestmmt keina.

Un mit die Steffi hattich au schon bald keinn Kontakt meer, die rennt getz imma mit sonn Paketfaara rum, mit den musse wohl au schon in Bibione inn Ualaub gewesn sein. Unn Kind krichte se nämmich au keins, dat muss wohl nur sonne eingebildete Schwangaschaft, sonne Schein- schwangaschaft gewesn sein, da denkkse denn au waddet alle so gibt. Daffüa habbich inne Klinnik denn in DBT, dat nennt sich dat Depressionsbewältigungsträning, ne depressive Moxatherapeutin kennngeleant.

Aso sowat, dat glaubt ier gannich, wat da los waa. Eerss meinte meine Therapeutin daddich ann Burnout litt, abba sowat krisse ja aunnich auf einn Schlach, dat dauat ja n paa Jaare, un sonn Schiffsuntagang un dat alle, odda die ganze Zeit inne Möblfabrikk, dat kann dat ja aunnich alleine so machn, datte daffüa glei in sonne Klinnik reinmuss, abba denn meinte se dat ich wohl doch ann staaken Stress litt, aso dat ich dat posttraumaatische Stresssyndroom hätte, un dat ich ne total schlechte

Kindheit hätte, dat hattse denn auno gemeint, un denn waaich au schommal glei füa die beidn Gruppn eingeteilt, nämmich füa ABT, dat is dat Angstbewältigungstraining, un au no für DBT.

Wat da Äazte un Psychologn un alle sowat in diese Gruppn drinsaßn, die getz alle selba wat hattn, dat könnta euch gannich voastelln, so viele, da machsse schon bald gannich meer naan Aazt hingeen, so schlimm waa dat.

Un nowat waa ganz oft: Zwänge. Sowat Schlimmes, dat habt ier alle no nie gesehn. Die eine junge Frau musste imma die ganze Zeit mitte Hand anne Türklinke stehn, un denn hatte se au imma nochn Lappen un sonn scharfet Desinfektionsmittel dabei. Die musste n ganzen Tach imma die eine Türklinke kontrollieren, ob die au ja richtich sauba waa, dat machte die imma so lange, bis dat die Therapeuten die da endlich wechholten. An schlimmsten waa dat den einn Tach, als wa grade ausse DBT Gruppe kamen, da stand die da un hielt inne eine Hand den Lappen un inne andere die Türklinke un waa ganz laut an schreien bis dat die beiden Therapeuten kamen und die da wechholten. Un wat waa passiert?

55

Genau vorre Klinik waase inn Haufn Hundescheiße getreten un denn hattse dat ihn ihre Panik no genau bis anne Türklinke geschafft und da stand se denn zu schreien, bis dat die kamen, die hatte nämmich diesen ausgeprächten Wasch- un Sauberkeitszwang, un da könnta euch ja vorstelln wie dat is, wennsse denn auno direkt vorre Klinnik voll inne Hundescheiße reintritts, un die saubere Türklinke kannsse schon seen, die is au nunnoch zehn Meeta enfeant. Einige ham gesacht, dat die früa Chemikerin waa un geseen hat wie bei iere Abbeitskollegin meem ier sonn Säureding inne Luft flooch un die total inn Gesicht vaäzt hat, die waa dannach wohl au soffoat tot, hammse gesacht.

Odda die Inge. Die waa früha Kunstlehrarin, abba au schon inne Frührente ween iern Zwang. Die wohnte mit iern Freund au sonn ganz schönen Bergbauernhof, abba dat nutzte alle nix, weil die imma wennse ausse Haustür rauskam meinte, datse inne Scheune sichn Seil holen un sich dammit ann Balkonn aufhängen müsste. Wennsse sowat höass, da bisse froh, datte nur mit Stress inne Klinnik biss.

Wattse au imma dauand sachten,

waa: Belohnen sie sich! Wennsse von
ierndeine Selbserfaarung kaamss,
odda ann Ende vonne Therapiestundn,
die ganzn Therapeutn sachtn alle
imma dat selbe, as wennse dat
ierndwann alle maa gleichzeitich
auswennich geleeant hättn: Belohnen
sie sich! Den einn jüngeren
Therapeutn habbich mal gesacht, dat,
wenn ich mich hier jedn Aamd so
weita belohnen würde, dattse mich
denn au wohl bald mal auffe
Intensivstation bringen könntn.
Hömma, daa hat der gekuckt. Wien
Auto, bloß nich so schnell.

18

Hömma Hoast, daffich ma kuaz wat fragen? Wat is eigentlich ne Moxatherapeutin? Hat die dich da inne Klinnik behandlt, odda waa dat deinn Kuaschattn?

Du hälst dei Gusch do uff de billichen Plätz! Des wern ma unsan Horst schon noch froochen.

Jo Horst, meen Gutsta, wos woor denn jetz des mitta Moxaschnecke? Du hast jo gsööht, dos die deppressiv wor, oda wos woor da los?

Ier habt ja von gannix ne Ahnung wat asiattisch is un sowat allet. Mitte Möbelfabrick kommsse ja übberall hin inne Welt, da kennsse dich ja ierndwann aumal mitte kinesische Medizin un sowat allet au sonn bisken aus, un wennsse schommal in Japan waas, denn kennsse dat auno, wat die da beie Akupunktur no allet weitaentwickelt haam, un dat is ja bei Moxa dat Gleiche, dat is allet Akupunktur un hängt mitte Energie zusammn, bloß datte beie Moxatherapie allet mit Feua machss un nich mit die Nadln.

Jo Horst, meen Gutsta, wos sinn

denn jetz des füüa heiße Spielchen, mit Feuer statt mitte Noodln, brennt dir do dei neuche Schnecke a Loch inn Pelz, wie bei de Sadomasos?

Getz pass du maa auf, ich höa dat ja schon raus, wat du meinss, dat is nix anners als die dreckige Phantasie diesse kriss, wennsse in deinn Alter nämmich keinn meer hoch kriss, Klaus-Dieta, nix anners is dat. Abba getz pass auf, füa dat Abbrennen übbere Energiepunkte auffe Haut ann ganzn Köapa, da woosse sonss au die dünnn Nadeln reinsteckss, da nehmn die nur ein einziges getrocknetet Kraut für, dat trocknen die in so ganz dünne Fasern, damit dat besser brennt, oda die drehn dat Kraut inne dicke Zigarre mit rein, sowat geht au, un dat eine Kraut, dat is der Beifuß, kennsse do ausse Küche, un dat nennt sich dann dat Moxa, dammit kannsse die ganze abgekühlte Energie inn Köapa widda so richtich heiß machen, dat die widda bessa fließt, un da woose die Hitze reinlassn, krisse denn sonne rotn Fleckn.

Watt denn, Hoast, du gibbs der Frau in deinn Alter noch deine heiße Zigarre, oda wat höa ich da raus.

Jupp, mei Gutsta, du hälst jetz amol auf de billichen Plätz do am

Nebntisch dei Gosch und lästn Horst
sei Gschicht weitavazöhln!

Un getz kommt dat nämmich. Die
Moxatherapeuten meinen nämmich, dat
in jedn von uns auno sonn
Energiemensch mit drinnsteckt, den
siesse abba nich, den kannsse
nämmich nua spüren, zum Beispiel
wennsse dich total gut fühlss, denn
hat der genuch waame Energie zua
Vafügung, un dammit kann deer
nämmich dann allet gut machen, wadda
muss, dat is quasi dat Essen un dat
Trinken füa den, un wenn die Energie
kalt wird, denn krichta Hunga un
Duast, un wennsse den denn nich
schnell genuch Energie nachliefers,
denn dreht der ann Rad, denn wiad
seine Energie nämmich no kälter un
der kricht nommeer Hunger un Duast
auf neue Energie, un wenn dat kommt,
denn wiersse krank, un getz kommt
dat, wennsse deinn Energiemensch
denn sonne dicke Moxazigarre gibs,
denn kannsse schon bald zukucken,
wie deer sich freut, un wiesse wieda
gesund wierss, dat sachte die
Moxatherapeutin, abba ierndswie
musse mööchlichaweise selba wohle
falsche Zigarre geraucht haam, weil
sonss kommsse ja nich anne
Depression dran, odda wat meint ier?

19

Inne Ergotherapie, dat waa au imma nich schlecht. Da konntesse deinn Energiemensch maa so richtich rauslassn, wenn der wat maln duuafte. Dat waa mammal schon so krass, als wenn deer acht odda zehn von sonne dicken Zigarren naeinanner geraucht hätte, so ging dat da manchmaa ab. Dat konntsse denn richtich meeaken, wie der Eneriemensch vonne Therapeutin imma meer abkühlte, so ging dat da mammal rund inne Kunsttherapiestunnen.

Eimaa hammse dat wohl probiern wolln ob dat geht, dat dicke un dünne Essgestörte au mit annene Gestörte zusammn wat maln konntn, dat hat abba nich so richtich geklappt, dat waa denn so wie früa auffe Pankkonzeeate, wose ierndswann denn alle imma so wild duchananna tanztn. Die eine ganz dünne Brechsüchtige fing gleich an sonn dicket gelbet Ding mit Wassafaabe zu maaln, un denn maalte se no sowat Schwattet drumherum, un als denn glei die Therapeutin angerannt kam un fraachte wat dat

wär, da sachtese, dat dat ne
Riesenmöwe wär die na Ammerrika
fliecht, un denn meintese auno,
datse geean mitfliegn wüade, un
datse sich ann liebssen aufhängen
wüade. Denn kamn auno die ganzn
Deppressivn mit dabei un maltn alle
no wildere Dinger wie die dünne
Frau, un datse so gerne sterben
wüaden meintnse au bald alle, un
denn ließ sich no die eine ganz
dicke Frau vonn Stuhl runtafalln un
fing denn ganz laut ant schreien an,
un miea fiel natüllich mal wieda nix
ein, un denn habbich einfach mitte
Wassafaabe sonn dicken rotn Klecks
mittn auf dat Pappiea gemacht un
nonne grüne Schleife drummharumm
gemalt, un denn kam au die
Therapeutin soffoat angerannt un
fraachte wat dat wär, un asich denn
meinte, dat dat ne Mickimaus wär,
meinte se soffort, dat wa daa
ummedingt nomma rübba reen müssten,
un alswa denn aus den Malraum
raukamn, stand au schon widda die
eine Frau mittn Lappn anne Türklinke
un desinfizzierte die un machte die
sauba.

20

Jo Horst, meen Gutsta, nuu fazzööhl uns doch noche bissl wos von da Moxaschnecke. Des konnste uns doch nich weesmochn, dos des nich dei neue Schnecke is, oda hodda jetz wos Folschs gsööht?

Sonn bisken Recht hasse ja wohl, Klaus-Dieta, abba eemt nua sonn bisken, abba getz lass uns eersma non schönn Klopfa trinken, bevoa dat hier weitageht. Wiat! Mal alle hia ann Stammtisch n Klopfa auf meinn Deckl. Mia kannsse n Kümmaling geem!

Abba getz ma weita. Wat wüads du saan, wennsse einn kennnleerns, der wie einn vonne Klitschkobrothers aussieht, un der hat ne Freundin die genau wie die Maria Hellwich aussieht, imma aun Dirndl an un alle sowat, kennsse ja beie Wurzlhuber wie dat da is, un deer hat vor allet Angst waddet übahaupt gibt, vor mitn Schiff aum Schiemsee rumfaan, allein inne Kneipe gehn, allein duan Ort gehn, allein inne Aabeit faan, allein inn Suupamaakt reingehn un alle sowat. Un aams sitzta mit seine Wuazelhubarin denn imma inne Kneipe un sie tut ihm tröstn, weil dat den ganzn Tach schon wieda sonn dickn Stress für ihm waa, sowat musse dich getz maa vorstelln, un denn hammse imma auno sonn kleinn reudigen Pickinesn mit dabei, dat Mistvieh bringt nämmich die Alte imma mit, damitta weenichssens eima ann Tach aunomma wat Schönes sehen kann.

Un denn ging dat so richtich los. Anne Alpen laach ja no massich Schnee, nich wie bei uns ann Schiemsee, wo dat alle schon blühte, un genau da ging dat hin, mitte ganze Angstbewältigungsgruppe ging dat na Aschau anne Talstation vonne Kampenwandbahn, die fäat nämmich von da aufn Gipfel, dat sinn ja aumal eemt kuaz maa tausendsiemhundat Meta, bisse aum Gipfl komms, un dat denn alle mitte kleine Kabinenseilbahn, woosse nua mit vier Leute Platz drin hass, dat nanntn die Therapeutn vonne ABT Gruppe dat Abschlusstraining, un wennsse dat schafftest, konntsse dich dannaa nomma richtich kräftich aambs inne Kneipe belohnn gehn, bis datte Schwirrichkeitn hattes, datte dat von da aus überhaups no ma inne Klinnik reinschafftes.

Dat waa natüllich maa wieda die optimale Besatzung fürre

Kabinenseilbahn, die eine kleine
Therapeutin die son bisken stottate,
ich glaub dat ja imma noch, dat die
wohle meiste Angst von uns alle
hatte, denn no dat bayrische
Riesenbaby, nonne supadicke
Essgestöate die au imma dauand nuano
Angst hatte, un ich auno mit dabei
inne Kabine, un kaum dat dat Ding
fua ging dat au schon los, dat
Riesenbaby fing vonne Freundin un
von den Pikinesen an, un die Dicke
musste au glei mal schön ausn Fensta
rauskotzn, weilse sonne dicke Panik
hatte, un die kleine Therapeutin
hielt sich mit beide Hände an meine
Handgelenke fess un fraachte imma,
ob mia dat denn gannix ausmachte,
wat sollsse zu sowat sagn.

Onkel Jupp sachte imma, wennsse
von Dach fälls bisse tot, un genau
dat Gefühl hatte ich nämmich, als
wa mit die ganzn Varrücktn in die
kleine Blechdose auffe Kampenwand
rauffuurn.

Jo Horst, meen Gutsta, wo worn
da dei Moxaschnecke, haste die nich
mit nauf gnommn?

Hömma, dat du dat imma no nich
kappiert hass. Die waa doch beie
Deppressiven, un nich beie
Angstgestörten, abba ich waa do in
alle beide Gruppen drin.

21

Getz hömma, wat denn auffe Almen da obn ann Gipfel vonne Kampenwand no allet los waa, un wir mitte ganzn Varrücktn, ich sachss dir du, dat daafsse gakeinn erzähln.

Dat Riesenbaby krichte auffe Faat schomma glei inne Gondel sonn halbn Heazstillstand un höate denn aumal kuaz mitte Atmung auf, abba sowat kennsse ja allet no vonne Feuaweea, ich aso glei mal mitte Faust voll auffn Brustkoab zweimaa so richtich draufgekloppt, un schon ging dat wieda, un die ganz Dicke fraß schommal zwei große Tütn Schipps auffe Faat, dat duafte die vonne Therapeutin aus au, nich datse auno total duachgedreht wär, ierndn Untazuckerungsschock oda ierndsowat, un naa fünfzehn Minuten kam denn die Berchstation, wowa ausse kleine Klappakiste enlich rauskonntn.

Ich sachte zue Therapeutin schommal glei, dat ich zurück wohl lieba zu Fuß wieda na untn gehn wüade, abba da meintese, dat die Rückfaat inne Klappakiste aumit zu den Angstabschlusstest gehöate, sonss müsste ich den am Ende villeicht nomma machn, un dat willsse ja aunich unbedingt riskiern, mitte ganzn Varrücktn nomma mitte kleine Blechkiste auffe Kampenwand raufunruntafaan.

Dat beste waa denn inne eine Almhütte, als die eine Kellnerin erzählte, datse schomma zwölf Stunn inne Gondel festsaß, weil die Bahn nimmeer funksonierte, un denn hingse auffe halbe Strecke genau üba dat Tal, dat düaftn ja aumal ebn kuaz so fünfhundat Meta tief bis na untn hin gewesn sein, un dat höate denn au dat Riesenbaby, un da könnta euch ja voastelln, wat denn los waa.

Auffe Rückfaat na untn gab dat keine Probleme meer, aussa dat einige dat Weißbia un den Kaisaschmaan von obn inne Hütte nich so vatraan hamm, abba sonns ging dat eintlich ganz gut.

Die ganze Therapeutn meintn dannaa no inne Gruppe, wie toll dat wa dat alle gemacht hättn, un dat wa uns getz jeda richtich staak daffüa belohnn solltn, un dat machtn wa natüllich denn aams wieda inne Stammkneipe beie Brigitte, die kannte dat ja schon...

22

Dat ging ja denn alle ganz schnell. Non pamma auffe Almhütte, die annern hattn sich sogga extra sonne dicken Berchschuhe füa sowat gekauft, dattse denn nomma besser den dickn Steilhang hochrennen konntn, un wennse dat übahaupt bis anne Almhütte hinschaften, denn saß ich natüllich schomma drei Stunn vorre Hütte inne Sonne mit dat vierte große Belohnungsbier inne Hand, wenn die denn alle total feddich da angekrochn kamen, weil ich dat allein nua mitte Berchbahnen machte, da brauchsse nämmich aunich die dickn Schuhe für, un dat Belohnen kannsse au machen, weil dat sollsse vonne Therapeutn aus ja sowieso imma machen, datte ninomma so ann Rad drehs, wiesse dat vorre Klinikzeit imma gemacht hattes.

Jo Horst, nu vazöhl uns doch noch emol von de dickn heeßn Zigarren, dieste bei dene Therapeutinnen graucht hest, bis dasse de richtiche Hitze ghebbt hem.

Ihr eerm Säukerle! Jetz lossta doch meen Horst emol weitavazöhln.

Jo Klaus-Dieda, nur woll du keene Ee mehr inn Söck höst, konnste uns do noch longe nichs Wort vobiedn.

Un wenna no an Wüffel mitneischläht, ihrs Säukerle, ihr wissts do gonnix mehr vonn Sex, gonnix, do weiß jo mei kastrierda Kooda no merra ols ihrs, ihr oldn Saukerle.

Hömma, bevoa dat getz hier nommeer ausartet, ich eerzähl euch dat getz allet in Kuazfoam, dat mitte Abreise un kuaz davoa un wat no so waa, un denn non paa Kuaze auf meinn Deckel, un denn geht dat wieda heimwärts un ab auffe Autobahn.

Aso dat Ende vonne Therapie waa zimmich unspektakulär. Ann Voaaamd vonne Abreise nomma sonn richtigen Belohnungsaamd beie Brigitte inne Stammkneipe, unn nächssen Tach mitte Pappiere vonne Klinnik inn Auto un ab auffe Autobahn, un bloß keinn Stau un sowat allet, datte schnell vonne Wuazelhubas wechkomms, sonss musse ann End da nomma übanachtn, un da kannsse ja sowieso bessa glei bis na de Frankn duachfaan, da sieht dat nämmich denn schomma ganz viel bessa aus.

Abba getz nowat, die Liane, aso dat is die mitte Moxatherapie, die hat mich getz au schon öfta mal besucht, un getz hamwa gesacht dat wa inn Somma eersma aufn Jakobsweech geen wolln, dat kannsse ja getz gut machn wennsse frisch inne Rente bis un vonne Exfrau geschieen unne Kinda schon groß un dat allet, un die Liane is ja au schon länger solo un meinte, datse aumal ne längere Auszeit bräuchte, un inn Heabss wollnwa nachn Jakobsweech nomma mitn Kreuzfaaschiff inn Mittelmeer rumfaan, maa kuckn, ob dat diesma wat wiead...

23

Zwei Tage vor Weihnachten:

Jo Kerle, des gibts jo nich, da Horst. Warum hostn du dei Moxaschnecke nich mitgebracht?

Ja da kucksse, waddet allet gibt so kuaz vor Weihnachten. Ich mein, ier sitzt ja alle no genauso da, als wenn ier dat inne letztn Monate no gannich bis na Hause hin geschafft hättet. Abba wat ich getz die letztn Monate wieda allet fürn Scheiß mitmachn musste, hömma, sowat, dat gibtet gannich. Dat ging schon los mit den Jakkobsweech, soffill Vastörte wie da rummranntn, sowat gabet nonimma beie Wuazelhuba inne Burnoutklinnik ann Schiemsee, dat könnta abba glaum, sowat Schlimmet, dat möcht ich wieaklich ninomma mitmachn, die ganze Rennerei un die ganzn altn Dinga, diesse dir denn ankuckn muss un aambs denn total kaputt inne Juundheerbeerge in sonn Meerbetzimma un nachss den ganzn Gestank un dat Gestöhne un alle sowat, nee, unn nächssn Tach denn nach sonn Billichfrühstück wie inn

Grundweerdienst beie Bundesweer, ging dat denn glei mal ab int Gebirge, bisse nunno Berchziegn un Steine hattes, un denn sonn schmaln Weech, datte meintes datte jeen Moment inne Schlucht reinfiels un alle sowat, nee Wahnsinn, un den einn ehemaligen Passtoor, deer waa aunich schlecht, wie der da aambs in dat Beerchdorf vonne zehn Gebote anfing un dadda ausse Kirche raus is wegn seine abnormaln sexuelln Bedürfnisse un alle sowat, un dadda deshalb auffn Jakkobsweech is, weila dat allet mal ganz in Ruhe mit seinn Herrn un mit seinn Gewissn abklärn muss, un sowat erzähln se dir da andauernd aambs bein Essen, wennsse grade die Weinflasche aufgemacht hass, ich mein dat Bier kannsse da ja sowieso nich trinkn, da musse komplett umsteign mitte Ernährung un denn dat Wandern un dat allet, ich glaub daddich inne eerste Woche schon zwanssich Kilo runter hatte, wennich nommeer, abba getz weita mit den Passtoor, un allsich denn sachte, obba dat denn schomma mitn aufblasbaarn Messdiena probieat hätte, da wädder mier fast ann Hals gesprungn un hat sich glei ann annern Tisch gesetzt. Sowat sacht man aunich zuun ehemaligen katholischen Passtoor, meinte denn die Liane soffoat, abba die nahm dat Esoterische sowieso bisken eeansta als ich, sonss hätte se ja wohl aunich mitte Moxatherapie angefangn un alle sowat.

Bei uns ging dat ja inne Pürrenään los, so eimaa ganz durch kannsse bald saan, un watte da denn vonne Lauferei anne Füße für Blasen krichtes, un wat fürn Wolf datte hattes vonne ganze Laufarei, datte dich aambs schon bald gannich meer auffe Toilette trautes, so weh tat dat nämmich, dat wää höchssens wat fürre Wuazelhuba gewesn, ranntn ja au genuch von rum auffe ganze Strecke. Wia musstn denn au öfta mal ne längere Pause machen, weil dat schaffte ich nich, wat die ganzn annern Beklopptn da fürre Streckn ann Tach abranntn, mamma hamwa au einfach maa zwei drei Tage in sonn Berchdoaf ne Pause gemacht, dat waa wohl dat Schönste vonne ganze Rumrennerei, weil da hattesse ja denn aumal n bisken mehr Zeit un au deine Ruhe, sonns waa dat ja inzwischn bald schon sonn Rummel auf den ganzn Jakkobsweech wie auffe Kranger Kieamess oda beie Wurzelhubers aufn Oktobafess.

Wia kamen ja sowieso nua bis

Burgos, da krichte die Liane denn aufeimaa sonne Bauchschmerzn vonne Tage, dattse zun Aazt musste un ich waa sowieso froh dat dat nich meer weitaging, weil sonne Blasn wie ich anne Füße hatte, sowat hattesse no nimmaa nachn Orientierungsmaasch inne Grundausbildung beie Bundesweer.

Jo Horst, meen Gutsta, was hattn dann dei Moxaschnecke gsööht, alssa de ganze Erlösungstuur do in Burgos abbrechn musstet, worse da nich a bissl enttäuscht?

Hömma, dat Burgos hömma, bis dahin hömma, dat is ja no nimma die Hälfte vonne ganze Strecke, wennsse maa genau auffe Kaate kucks, un denn kannsse nomma meer asn Monat die ganze Strecke auffn Jakkobsweech rumrennn, au wenn dat ja später allet viel grüner wiead un nommeer Wald, abba denn nomma n Monat meer die Laufarei un allet so alte Orte un Döafa un alle sowat, nee, aso ich wollte dat beinn bestn Willn nimmeer haam, un denn nomma wieda die vieln annern Varrücktn un wieda inne Juundheerbeerge übanachtn un alle sowat, nee, aso beinn bestn Willn nich, ich mein dat Santiago mit dat angebliche Jakkobsgrab, ich mein dat wissense ja inzwischen au, dat dat

74

allet nuurn Blöff is, un sonns
nämmich gannix, un dann rennn die da
alle hin, datte meinss, wennsse da
ankommss, du bis ann Ballamann
gelandet oda ierndsowat, aso wiea
mittn Fluchzeuch wieda na Frankfuat,
un denn na Daamstadt, da wohnte
nämmich die Liane, un ich blieb
aumit da, ich waa ja getz inne
Rente, da kannsse sowat ja gut
machen, un in Heabss denn wieda
sonne Mittlmeerkreuzfaat, dat wollte
die Liane ja ummedingt machen, da
konnte ich saan wat ich wollte, ich
wäa ja viel lieba mal ne Woche anne
Mosel gefaan oda mal int Aataal oda
ierndsowat, abba nein, die musste
ummedingt sonne Mittlmeerkreuzfaat
machen, un dat Ganze natüllich wieda
mit ne griechische Reederei, sowat
müssta euch maa voastelln...

24

Dat Eintschecken auf dat Kreuzfaaschiff waa schomma supa, da kaamsse mitn Bus anne Hafenmole, un wat nich dawaa waa dat Schiff, un alle standense mitte Koffa doof rum un kuckten wie sich dat Meer beweechte, un denn kam sonne alte varrostete Klappakiste angefaan, un sonn unrasierten Oppa stiech aus, un denn sachte der wat auf Griechisch wat keina vastand, abba denn kam no sonn junger Kerl ausse Klappakiste raus, un der konnte sonn bisken Deutsch, un der sachte, dat dat Schiff kaputt inne Weerft wär, wose dat so schnell wie möchlich repariern wüürn, kennsse ja, watte Griechen mit schnell meinn, un als denn sonn älterer Lehrer, den hatten wa auffn Fluch na Athen schon kenngeleern, als der denn den Jüngeren fraachte wann dat Schiff denn getz käm un obbet dat Geld zurückgäb, da sachte der junge Keerl gannix meer un setzte sich ganz schnell maa wieda in seine Klappakiste un zooch soffoat de Tür zu un der Oppa meinte beinn einsteinn nunno Avrio, un denn fuan se au schon wieda wech.

Dat hat denn nomma zwei Stunn gedauat, bis dat der Reisebus wieda kam deer wat uns vonn Fluchhafn in Athen abgeholt hatte, un diesma waa au ne Reiseleiterin mit drinn, dat waa voheer nämmich nich, da waa da nämmich nuurn Busfaara, un die sachte denn, dat wa füa eine Nacht inn Hotel reinkämn wat inne Hafennähe von Piräus läch, unn nächssen Tach wüan wa denn auffn andaret Schiff umgebucht, wat die gleiche Tuur füür, die wat dat kaputte Schiff inne Weerft au gefaan wär. Ich mein, dat ging ja schomma supa los, oda wat meint ier.

Dat Hotel waa natüllich au sonne ganze abgefakkte Kaschemme ann Haafn, wosse die ganze Nacht bis moorns Remmidemmi hattess, un waa wohl sonn bisken auno n Stunnhotel oda ierndsowat, weil die ganzn Besoffenen da andauand reinunrausranntn, un inn Flua ranntn nämmich au sonne etwas älternen dicken Ommas inn Bikini rum. Wia gingen denn no in sonne Hafenkneipe wat essen, un inne Nacht hamwa denn no in unsa Zimma de Tüa mittn Kleidaschrank vabarrikadiert.

Jo Horst, meen Gutsta, haste da

nich mitta Moxaschnecke soffoat de Flucht agriffen, do konnste doch so vüle Ziegachen rauchn wieste wüllst, un des weerd trotschdem a tottoler Reinfall.

Nee hömma, dat waa ja auffn Jakkobsweech genau dat gleiche, un die Liane wollte dat trotzdem imma no weitamachn. Kennsse doch, dat is diese Aamteualust, die inne Weiba imma so drinnsteckt. Die wolln sowat imma bis ant Ende ganz genau wissen, wat, wenn wat Scheiße is, bei sowat ant Ende wiaklich au rauskommt, kennsse do wie dat geht, un wenn dat denn ant Ende alle gannich geklappt hat, denn bis du dat nämmich allet in schuld, genau so geet dat, glaub mich dat.

25

Getz waa dat ja sowieso allet bald
schon egal, dat Geld fürre
Schiffsreise krichtn wa sowieso nich
wieda, weilse sachten, dat der
Reeder pleite wär, un dadda na
Vietnam abgehaun wär sachtn se auno,
abba wia könntn die Reise trotzdem
no machen, sachte die Reiseleiterin,
weil dat Geld füa dat Schiff un dat
allet no da wär.

Dat wa denn auno zwei Nächte
meer in dat Stunnhotel bleim
mussten, bis dat dat Schiff kam, dat
waa denn auschon egal, sonns hättn
wa nämmich aufn wildn Buff nonne
Rundfaat naache ganzn ägäischen
Inseln hin gemacht, wennwa schomma
hier waan, da gingen ja vorre
Haustür die ganzn Fähren alle hin
ab.

Abba denn kam dat Schiff ann
viertn Tach tatsächlich no, sonn
riesiget weißet Ding, wattse schomma
öffta übbalackiert hattn, dat
konntsse genau sehn wo dat rostig
waa, da wo der Lack abgeblättert
waa. Un denn sachte die
Reiseleiterin auno, dat dat getz

nich dat Ersatzschiff wär sonnern genau dat Schiff is, wat inne Weerft zun repariern waa, weil dat dadrauf gebrannt hatte, sowat müssta euch maa voastelln, un getz kommt dat Beste, als wa naache steile Treppe mit dat ganze Gepäck int Schiff reinkommen, ich dachte ich seh nich recht, steht da anne Rezeption do glatt der eine Stuat, der mitte Keaze inne Hand als dat Schiff untaging un deer so total besoffen waa un wo ich schon meinte dat den die Hai gefressen hättn, als wa da inne Dunklheit so rumschwammen, un getz steht der da plötzlich un begrüßt ganz nomaal die ganzn Passagiere. Mich hadda natüllich au glei akannt, un denn kam natüllich au glei eersma diese typische griechische Begrüßung, un datwa späta ummedingt anne Bar gehn müsstn un dat allet, kennsse ja wie dat geht, un wia krichtn denn natüllich au eersma glei ne viel bessare Kabine als wa gebucht hattn, konntesse au leicht ne Sweet zu saan, ne große Aussenkabine mit Meerblick waa dat, unn riesiges Bad waa auno mit dabei, dat waa wohl inne eersse Klasse, wo wa da wohntn.

26

Füa dat wa getz schon viea Tage auf dat Schiff gewaatet hattn, ging dat Ding getz abba vadammt schnell ab, kaum datte n Letztn reinkommn sahs wuad au schon die Klappe zugemacht un dat Ding fua.

Aambs gabet natüllich wieda dat große Begüßungsdinner, un wat brachtnse als Hauptgang wieda bei uns ann Tisch, kannsse dich ja voastelln wat dat waa, dat hatte der dicke Oppa fürre junge Freundin bestellt, die saßen beide au bei uns mit ann Tisch, un wia krichtn dat natüllich denn au automatisch mit, un wat waa dat getz, dreimal düafta ratn, richtich, dat gaab n dickn fettn Humma mit Beilaan, sowat müssta euch maa voastelln, un schomma glei wieda diesn ieslännischen Weinachsfischgeruch mit dran, datte meintes datse den eem eers ausse Tonne rausgekloppt hättn. Un dea Oppa un seine Freunnin ham sich dat Ding auma glei so richtich gut reingedübbelt, kaum dat dat Ding auffn Tisch stand, un denn hasse bei beide nach ne halbe

81

Stunne nua noch sonn lautet Gluckan inn Bauch gehöat, un denn sprangense au schon auf un ranntn auffe Toilette, dannaa hassese n ganzn aamb au nimmeer geseen.

Un nach dat Essen gabet Tanz. Un ierndwann waa Damenwahl, sachte der dicke Sänga duach dat Mikrofon, un denn kaamse au schon angerannt, die dürre Omma mitn rotn Minirock, die waa minnessens fümmunsiebzich wennni no älta, un da siehsse au glei datn Platz anne Theke aunich vorre tanzwütigen Ommas schützt, da kannsse mitn griechischen Stuat nosoviel trinkn, dat hilft alle nix, un naan Tanzn ging die denn auno mit anne Baa un soff mit uns einn Beefiftitu naan annern, un denn liessse au imma dauand iere obbare Zahnprotese ausn Mund rausfalln, wascheinich krichtese von den vielen Beefiftitu schomma langsam ne Gesichtslähmung oda ierndsowat, un denn krochse imma glei unta den Baahocka un steckte sich dat Ding au glei wieda rein, abba no bessa waa dat inn Aufzuch, die Liane waa ja schon bisken früüa naa oben inne Kabine vaschwunn, un ich denn mitte Omma alleine inn Aufzuch naa obn, un die keine Zähne meer inn Mund, hattese wohl nimmeer wiedagefunn, un denn machte dien Nothalt rein, un kaum dat der Aufzuch stand kam die au schon an un lutschte mia ann Hals rum, kannsse dir sowat voastelln, wie dat waa, ich hab da nua an diese rotn Gummidinga gedacht, die mit den Holzstiel dran, woosse dat Kloo mit sauba machss wenn dat total vastopft is, ich natüllich glei den Nothalt wieda raus, un denn anne nächsse Tüa soffoat raus aussn Aufzuch, un nomma übere Treppe runta anne Baa zurück, un glei eersma n doppelten Uuso, hömma, sowat hälsse ja in Kopp nich aus, dat kannsse abba glaum.

As eerstet ging dat naa Santorini, dat is die Vulkaninsel mitte ganzn blauweißn Häusa, dat waa ja schomma gannich schlecht, wennsse schomma dat Haus blauweiß anstreichss, sowat siehsse nonimma inne Innstadt von Gelsenkiachn, un da wohnn ja wohl genuch Schalkefans.

Wat Scheiße waa, waa dat kleine Schaukelding wat uns vonn Schiff naa de Insel hinbrachte, un denn stannse alle ganz unten vonne Kaldeera un kuckten naa oom, wo die Stadt waa, un wat ging natüllich nich, die Seilbaan, dat waa sonne Klappakiste wie auffe Kampnwand bei Wuazelhubas, un denn musstn wa dat ganze Stück auffn Esel reitn oda zu

Fuß, aso zu Fuß, sowat schaffte man do gannich, in die trockene Hitze un direkt neeme Felswand, dat strahlt ja doppelt, eimaa von obn un auno vonne Felswand, aso ging dat mittn Esel naa oom.

Datte von sonn Eselsritt totaln Kohldampf kriss, dat is do klaa, kennsse do no vonn Bauanhof, wennsse n ganzn Vommittach inn Stall waas, un denn dat griechische Essen, dat is übbaall dat gleiche Zeuch, sonn fettigen Auflauf mit Oobergienn un Gehacket drin, oda sonne Spieße mit dat zähe Fleisch dran un alle sowat, un imma sonn Bauansalaat mit Oliven un den komischn Schafskäse drauf, dea kommt abba gannich meer vonne griechischen Schaafe sonnern vonne Kuhmilch aus Wessfaaln, meinn Bruda sachte dat, dat is deer, deer unsan Hof übanommn hat, un denn trinkense alle den Retsina zunn Essn, dat is deer mit dat Haaz drin, musse maa anne Flasche riechn, dat riecht genau wie dat eine staake Kloreinigungsmittel, wat meine Tante imma ausn Plus mitbrachte, wenn dat Klo ma wieda bis inne Güllegrube aum Hoof vastopft waa, un dat wiakte denn au soffoat, dat kannsse abba glaum, abba dat Bia vonne Käsköppe, wat annert gibtet ja nich, dat kannsse ja aunich trinkn.

Aambs aufn Schiff waa denn natüllich nachn Essen wieda Paatie anne Baa, unn nächssen Tach ging dat auffe Schwulnunlesbninsl naa Mykonos. Un wat da denn alle passiert is, dat glaubsse gannich, wennsse dat einn erzähln wüades, eersma schomma die ganzn Varrücktn die da alle rumranntn, kannsse saan nomma meer Varrückte wie inne Klinnik un aum Jakkobsweech zusammn, so wild ging dat da rund, un allet nua aum Massnturrismus un auf dat Geld vonne Turristn ausgerichtet, un lauta Schwatte die ierndwat vakaufn wolln rennen da rum, wennsse zu zweit essen gehs bisse glei schomma hundat Euro los, un alle sowat, un denn trifft die Liane iern altn Tanzleera wieda, dat waa wohl imma schon iere große Liebe, un die haun denn au glei ab ierndswohin inne Altstadt, un denn stehsse da un kucks doof, unn nächssen Tach höörsse denn aum Schiff anne Rezeption, datse nimmeer weita mitfäat, un datse bei den Tanzleera auf Mykonos bleit, sowat müssta euch maa voastelln.

Jo Horst, meen Gutsta, hoste do nich gleich bein Hoofnmafiosi de Doppelläufiche kefft?

Getz hömma, auf sonn Kreuzfaaschiff, daa gibtet soo viele Dinga, dat glaubt ier gannich, dat hat mich ierndswo sowieso gannich soo staak schockiert wiemann dat villeicht meinen täte, anne Baa triffsse nämmich sowieso wat Neues, dat krisse mammal n gleichen Aambd gannich meer mit, hömma, so schnell geht dat auffe Kreuzfaaschiffe. Dat müssta alle vonne ganz annerne Seite sehn, die Liane waa ja au maa locka fümmunzwanssich Lenze jünga, au wennse wat mit Moxa machte, dat musse einfach voll mit berücksichtinn, un denn auno den ganzn Stress inne Klinnik un aufn Jakkobsweech un wat wa vorre Schiffsreise alle schon hattn, dat musse do au alle mitrechnen, oda wat sacht ier.

Aso, nowat. Mit den Tanzleera, dat klappte sowieso nich lange. Eersma krichtese schomma glein Kind von den, un asa dat denn gemeerkt hatte, isa mitn schwuln Schwattn, sonn Vakäufa vonn Strand, kennsse do wie die da imma so zwischn de Turistn rumrennn un wat vakaufn wolln, un deer kam nämmich imma inn Somma vonne Käsköppe aus Amstadamm naare Insel, kannsse au n schwattn schwuln Käskopp für saan, dat stimmt auno, sonn ewigen Student waa dat oda ierndsowat, un mit den Käskopp is deer Tanzleera denn naa Athen hin abgehaun, sowat müssta euch maa vorstelln, hömma, wat meinsse wattse da doof gekuckt hat, die Liane, dat glaubsse abba.

Abba getz eersma ne Pause un nonne Runde Klopfa alle auf meinn Deckl, oda wat sachss du, Klaus-Dieta, du kucks nämmich schon wieda wien Bauaabeita mit ne leere Bierpulle inne Hand. Wiat! Dat gleiche wie eemd nomma.

27

Dat waa ne Nacht, hömma, dat waa ne
Nacht, eersma schomma wieda mit die
eine Omma anne Baa bis dat die wieda
dauand dat Gebiss rausfalln ließ,
bein letztn Maa hatte dat ja moorns
die Putzfrau denn donno gefunn, un
getz ging dat schon wieda mit den
vieln Beefiftitu weita, un
ierndswann musich wohl mit sonne
junge Frau aus Hannova, kannsse bald
saan dat dat noon Tiennaager waa,
aso mit die total besoffene Alte
binnich denn mit auft Zimma, aso die
kuckte mich sowieso den ganzn Tach
ann Puul imma schon so an wien
Pavian inn Zoo, deensse grade ne
rooe Küchnzwiebl durche Gittastäbe
durch inn Käfich reingewoafen hass,
kennsse doch, denn weern die do imma
so geil wenn die dat fressn, un getz
nachn langn Aambd anne Baa waa dat
denn wohl ennlich so weit, kannsse
saan...
Un wat is denn wohl passiert,
dreimaa dürfta raatn, ganz genau,
ich laach wieda total angezogn mit
ne Schwimmweste an ierndswo auffn
Gang un dat Licht ging nich, un wat

denn passiert is, dat kennta getz ja schon alle vonnt letzte Maa, un genau dat passierte getz auwieda, sowat musse dich maa voastelln. Eersma kam der total besoffene Stuat schonwidda mit ne Keaze an, un ich fraachte den denn schon gannichmeer obwa schonwidda absoffn, dat waa mia soffoat klaa, dat wa dat wieda machtn, weilwa sowieso schon wieda auffn Weech naa Sizzillien waan, dat hattn die ja au gesacht, un dat waa hier wohl sonne Aat Beeamudadreiech vonnt Mittlmeea, anners kannsse sowat nämmich keinn vanünftich erkläan, warum dat Schiff getz schon wieda ann absaufn is, odda wat sacht ier zu sowat, un denn kam nämmich no dat beste, deer Stuat sachte zwaa datse schonwidda alle schon wech waan weil dat Schiff sinkt, abba eer hätte diesma füa uns n Schlauchboot mitn Motor dran auffe Seite geräumt, dat klang schomma nich schlecht, wat sacht ier...

28

Wie schnell dat sonn griechischet Kreuzfaaschiff sinkt, dat glaubt man bald gannich, nomma einmaa sonn richtigen dicken Qualm ausn Schornstein, un denn kommn auschon die dicken Welln an, un denn is die Kreuzfahrt vobei.

Wennsse so zu zweit mittn dicken Kopp nach ne richtige Dönte ohne Sprit füan Schlauchbootmotor auffn Mittlmeea treibss, nuano drei Zigrettn hass, un dat Feuazeuch hasse au valoan, un du schwimms in dat wackelige kleine Boot mit deine Schwimmweste an inn Dunkeln rum, aso, Sterne unn Mond siehsse auno, wennsse na oben kucks, abba da musse schon ganz schön romantisch sein, wennsse dat in sonne Situation machss, un getz kummal, deer besoffene Stuat, deer saß do eemt no int Schlauchboot un getz is deer aussn Boot rausgefalln un schwimmt davoorne, reinziehn, dat ging ierndswie nimmeer, weil deer vonne Stömung soschnell wechgezoon wuade, un getz kucksse nomma hin un denks da schwamm do eemt no der besoffene

Stuart, un getz is der wech, un denn denkse natüllich glei wie Klasse dat dat is, dadet hier wohl auno Haie gibt, weil wat soll dat denn sonss wohl eemt gewesn sein, etwa dadda inn Wasser besoffen eingeschlafen is oda wat.

Datwa wieda vorre Insel Lampedusa abgesoffn waan un dat se mich wieda füan Spieoon oda den Schleppa oda ierndsowat hieltn, den dat Benzien ausgegangen waa, oda ierndsowat, dat waa sowieso eersma klaa, un dat dat wohl wieda in dat Laaga, un denn auno inne Vahöazelle vonne Karabenieri un vonn Sieeiey reinging, dat waa au klaa, un denn kaam die dicke Übarraschung, sonne dicke weiße Luxusjacht hielt nebn dat Schlauchboot un denn holtnse mich übbare Strickleita auffe Jacht hoch, un weer saß da auschon mitte Zigarette ann rauchn unn dicket Glas mit Uuso inne Hand, ganz genau, deer griechische Stuat, den hattense nämmich vorher schon aufgefischt, un nache kuaze Begrüßung krichtesse au glei wat zu trinken un wat zu essn aum Tisch gestellt, un denn kam auno eina dem dat Schiff wohl au gehöate un sachte auf russisch, un sonn annerner übasetzte dat füa uns, datwa getz na Palermo hinfüan.

29

Jo Horst, Mensch Kerle, woste uns do wieda für eene Horrorgschichtn vazööhlst, des is jo unglaublich, waste do wieda alles alleebt hest. Wirt! Nomma a Rundn Schnabbs auf meinn Deggel un fürn Horst glei an Dobbeltn.

Dat kannsse abba laut saan, hömma, dat dat wieda maa sonne richtige Horrorgeschichte waa, nomaal meer wie dat Irrenhaus mitn Jakkobsweech un sämmtliche Urintherapeutn un Moxatherapeutn zusammn, dat kannsse abba glaum, hömma, un dat Beste kommt ja no, bein eerssn Schiffsuntagang meintnse ja no daddich n russischer Spion oda ierndsowat wär, un getz faan wa mitte russische Maffia na Palermo un die meinn dat dat wohl bessa füa mich wäa, wennich beie Sieeiey gehen wüade, weilsse da eersma schomma viel meer Geld krichtess unn dicken Wagen unn dicket Fluchzeuch unn dicket Boot unne dicke Alte, nee falsch total anners, keine dicke Alte sonnern sonne schlanke hübsche geile junge Alte, sooherum, un alle sowat, un denn sachtnse, dat deer griechische Stuat au inne Maffia un beie Sieeiey wär, un dat wier getz Parner wüürn un alle sowat, hömma, dat müssta euch mal voastelln, wat dat waansinnich is, oda wat meint getz ier, abba dat kommt no viel bessa, weisse wat füan Keerl ann Haafn schonwidda mit sein altet Dreirad auf uns waatete, hömma, dreimaa düafta raatn, ganz genau, da stand nämmich schonwidda Bernd aus Kassel abba diesmaa mittn Kaftan an un sonne komische selbssgestrickte bunte Mütze aum Kopp, kennsse do, dat ham die do beie Beduinen imma alle aum Kopp, un denn krichtn wa wieda jeda n ganzn Koffa mit Geld vonne Russn mit un jeda auno sonn großn Rucksack wie dat früüa do imma deer Reinold Messner mithatte, wenna mal wieda sonn kleinn Spaziergang auffn K2 oda ierndsowat machte, wat da drin waa wolltich schomma gannich wissn, einfach heerdamit un ab hintn auffe Ladefläche vonn Dreirad, un denn gaamse uns jeda auno ne Hand voll Diamantn mit, kannsse ja nie wissen meinte deer eine Russe, zum Beispiel wenn maa wat passiert oda dat Geld wuade geklaut oda ierndsowat, kennsse do no aus die ganzn Dschäimssbondfilme un denn ging dat au schon ab zu den einn Gemüseladn inne Altstadt von Palermo, dat sah alle no genauso aus wie beint letzte Maa, bloß n paa neue Fraun oom inne Wohnung, sonnss waa dat alle no datselbe, aso donnich ganz, ich krichte diesmaa n Maseratti, un deer Grieche musste imma mit dat Dreirad rumgurkn, wenn dat auffn Maakt ging oda ierndsowat, dat hat den aunichgrade begeistat, dat kannsse abba glaum, hömma. Kennsse do, wie die dat imma so saan, mein Boot, meine Kohle, mein Fluchzeuch, mein Auto, unno ne geile Alte mit dabei, un alle sowat, kennsse do, hömma, dat is nämmich alle nuur Maffia un Sieeiey un alle sowat, un sonnss nämmich gannix, hömma, dat is nämmich auffe ganze Welt übbaall dat gleiche, un sonnss nämmich gannix, dat kannsse abba maa glaum.

30

Jo Horst, meen Gutsta, was heste denn dann in Palermo mittn Maseratti und mit de ganzn Kohln gmääht, heste dir lauta heiße Schneckn oda gleich a ganzss Freudnhaus gekefft, nu vazööhl uns des dochemool, Horst.

Ier habt ja gakkeine Aahnung wie dat alle so läuft wennsse beie Sieeiey un beie Maffia un allesowat biss. Ich hatte da glaubich nonn bestn Job, wennich mia dageen den Griechn so ankuckte, deen hieltnse wool au ierdswie fürn bisken doof oda ierndsowat, der musste nämmich mit seinn Dreirad imma nua sonne Kurierfaatn machen, kennsse do wie dat geht, maan Totn auffe Müllkippe faan, oda mal ne Nutte der se einn vorre Birne gehaun hattn ierdswo innt Gebierge inn Wald reinweafn, oda maan paa Säcke Kooks so füa zwischenduach aambs ausn Haafn abhooln un alle sowat, kennsse do wie dat so geht, un ich hömma, ich musste imma nua dat Geld inne Bankn reinbrinnn oda vonne Bankn abholn un allesowat, oda die ganzn geiln Weiba vonne Jachtn oda vonn Fluchzeuch abholn, un denn damit schön essn geen un inne Willn reinbrinnn, oda in ierndsein Appaatment aumaa ne schöne dicke Moxazigarre dammit rauchn un allesowat, kennsse do wie dat geht.

Un denn sizzich do den einn aambd mit den einn langbeinigen blondn Suupahaasn in dat eine Gooarmeeding, dat is ganz inne Nähe vonne Oopa, aso ich sitz da aambs in Palermo mit sonne suupa Alte in dat Gooarmeerestaurant drin, un wia hattn ja sowieso schomma glei Tisch ganz hintn inne Ecke dat uns mann bloßnichglei jeda siet, un getz kommt der Hamma, hömma, geht do glatt aufeimaa die Tüa auf un die eine Omma vonnt Kreuzfaaschiff, die wat nach die vieln Beefiftitu imma dat Gebiss rausfalln ließ, aso die Omma kommt mit sonn total großn kräftigen Schwattn rein un voane anne Tüa fangense au glei eersma mit dat Küssn an un allesowat, da machsse ja glei schomma gannix meer essn, wennsse sowat siehss, un getz kommt nämmich no dat Beste, die Omma dreht sich kuaz maa rum un sieht mich hintn inne Ecke sitzn, un denn kommt die mit deen Schwattn au glei mit bei uns ann Tisch un fraacht mich do glatt in alln Eeanst wat ich hiea in Palermo machte, weilsse wohl inne Zeitung geschriem hättn daddich ertrunkn wäa oda ierndsowat, sowat müssta euch maa voastelln.

Dat kaam bei meinn Suupahaasn natüllich gannich gut an, un deer sprang au soffoat auf un rannte ausse Tüa raus.

Un wat machsse in sonne Situation? Aso ich blieb da sitzn bis dat Essn kaam un trank danaa mitte Omma un iern Schwattn den ganzn aambd einn Wein naan annern.

31

Getz pamma auf, wennsse sonne aamteualichen Geschichtn eerzäälss, denn musse bei sowat sowieso eersma uunheimich aufpassn, dat dat au jeeda deer sowat höat au inn richtinn Hals reinkricht, sonnss bisse nämmich leicht maa n Schowwinist oda n Rassist oda ierdsowat, kennsse do wie dat geet, un denn musse ja sowieso imma so staak int Detteil reingehn, sonnss fraanse soffoat imma allet naach, un denn macht dat naane bestimmte Zeit sowieso keinn Spass meer, weilsse dich sonnss nämmich aun Mund fusselich laabers, kennsse do wie dat is.

Aso mittn Sieeiey un mitte Maffia un dat allet waan nächssn Tach na dat Essn sowieso ganz schnell vobei. Deen griechischen Stuat hattnse duurn Vakkeersunfall entsoorcht, da fuur ierdsonn dicka Lasta oda n Tieflaada oda ierdsowat auffe Strecke von Palermo na Syracus mit vollen Karracho, wärnda da mit seinn Dreirad so fuur, üba dat Dreirad rübba, soschnell konnta gannich kucken, soschnell wie dat ging, unich waa mittn Maseratti mit sonne geile Alte in Taormina inne Villa beint ganz heiße Moxzigarrenrauchn, kennsse ja wie dat geht, un denn klinnelte mittendrin dauand von ier dat Handy, un denn ginnse au ierdswann dran, un denn meintese dat wa soffoat abhaun solltn auf ier Boot un denn dammit nix wie wech wenn dat übahaupt no ginn, weilse da ja au schon sein konntn, abba wenn nich, denn nuano rein in dat vollgetankte Spiedboot, un soffoat mit dat Boot ab na Malta, un vonn Haafn denn soffoat ab naan Fluchhaafn hin, un von da denn mit iern Privaatjet ab naa Deutschland, un dat hat auno gut geklappt, wiesse siehss.

Epilog

Getz hömma, neulich stand da sonn komischer Religionfritze bei mia vorre Tür und wollte mich zuue Zeugn Jehovas hinlocken, dat ich da Mitglied weern sollte oda ierndsowat, abba da musstich deen denn au gleimaa saan, dat ich schon imma beie Kattolikken bin, obwool ich sowieso au bald nie inne Kiache gee, höchssens maa bei ne Hochzeit oda ierndsowat, un dat is aum Doaf ja auni so oft, aso ich hab deen Keerl klaagemacht, dat bei uns aum Doaf ein Wechsel vonn Katholikken naa den Zeugen Jehovas bald no schlimma wär wien Wechsel vonne blauweißen Schalker naa de gelbschwattn Doatmunda Zeckn, da hadda abba gekuckt, dat kannsse abba glaum wat deer doof gekuckt hat, un denn isa au ganz schnell abgehaun, weil nämmich au unsa Hund aum Hoof rumrannte, un deer kuckte au schon so komisch asich nämmich vonne gelbschwattn Zecken anfing un allesowat, die kann deer nämmich au absolut nich ab, dat macht den soffoat imma total nervös, wennsse

100

vonne Zeckn anfängss, dat kannsse abba glaum.

Waddich aunich vastehn kann is dat, dat soffille Leute füa allet un füa allemanns imma ierndeinn Voadenka oda ierndsonn Guuru brauchn. Getz kummal die Urintherapeutn, sowat gibbet gannich, wat die heuzzutage füürn waansinnigen Zuulauf haam, alle mit dat viele Geld rennen da andauand hin, als wennse nix anners zu tun hättn, un denn saufn se wieda zuffiel un neemn Kooks un allesowat, un denn sinnse in küazeste Zeit wieda genauso bekloppt un krank wie vorher, un denn sitznse ganz schnell au wieda bei iern Urintherapeutn rum.

Dat die Fraun imma alle so staak auf sowat abfaan, dat kappia ich ja sowieso nonich so richtich, villeicht liecht dat anne Hoamoone, die Männa krient anne Prosstata un krien ne Glatze, hass du schomma ne Frau mitte Glatze geseen, wennse nich dirrekt ausse Kreebsterrapie kommt oda ierndsowat, un da siehsse ja aumal glei schomma den Untaschied zwischen die Männa und die Fraun, un nowat, die Fraun weern imma älta un krien denn Demenz, un die Männer weern nich so alt un hamm viel früha

101

schon Demenz, wennsse als Mann so alt wierss, datte dat no kriss. Sowat is do au total meakwüddich, findsse dat nich auch?

Abba getz maa zurück zum Thema. Ich mein 60 Jahre. Hass duu eintlich ne Ahnung wat dat heißt, Sechzich. Aso ich kann mia dat bein besten Willen übahaupt nich voastelln.

Getz pass mal auf. Du liechs inn Urlaub, ich mein ich bin ja meissns in Osnabrück, oda mal hier, oder öfters au mal inn Sauerland, als inne Kariebik, aber nehmen wa dat mal an. Du liechs inn Urlaub inne Kariebik ann Strand. So. Un getz kommt dat. Du liechs da schon seit fünf Stunden mit sonne geile Alte, hasse da kennengelernt, also imma mal Baden oda kurz mal anne Bar aufn Drink. So. Un dann kommt man irgendwie mitten inne Unterhaltung auf dat Alter zu sprechen, un sie sacht vierundzwanzig un meint, dat du ers 42 wärs, so wie du aussiehs un wie du drauf bis, un denn sachs du zu ihr, nachdem du deinn doppelten Lumumba auf einn Zuch leergezogen has, Sechzich. Denn is doch sofort mal Schicht inn Schacht, oda wat meins du denn. Denn siehse nur noch wie die Alte doof kuckt, und denn springt die Alte sofort von

iern Baahokka auf un holt ier
Baddetuch un sacht nonnimaa
Tschüss...

Herstellung und Verlag:
BoD – Books on Demand, Norderstedt
ISBN: 978-3-7504-3191-1